공부가 되는

한국대표 단편 2

<공부가 되는> 시리즈 ㉓

공부가 되는

한국대표단편 2

초판 1쇄 발행 2011년 11월 30일
초판 3쇄 발행 2017년 12월 19일

지음 황순원 외
엮음 글공작소

책임편집 윤소라
책임디자인 오세라

펴낸이 이상순
주　간 서인찬
편집장 박윤주
기획편집 한나비, 김한솔
디자인 유영준, 이민정
마케팅 홍보 이상광, 이병구, 오은애

펴낸곳 (주)도서출판 아름다운사람들
주소 (10881) 경기도 파주시 회동길 103
대표전화 (031)955-1001 **팩스** (031)955-1083
이메일 books777@naver.com
홈페이지 www.books114.net

ISBN 978-89-6513-123-6 63810
ISBN 978-89-6513-125-0 (세트)

공부가 되는

한국대표 단편 2

지음 황순원 외 | **엮음** 글공작소 | **추천** 정명순 (대송초등학교 교사)

아름다운사람들

공부가 되는 한국대표단편 2

이효석 「메밀꽃 필 무렵」 … 8

이효석 | 이태준과 박태원 | 소설 속 인물은 어떻게 나타내어질까?
낭만주의 소설 | 「메밀꽃 필 무렵」

현덕 「나비를 잡는 아버지」 … 26

소년 소설을 쓴 현덕 | 지주와 마름, 소작농 | 최초의 월간 잡지, 〈소년〉
최초의 신체시를 쓴 최남선 | 「나비를 잡는 아버지」

나도향 「벙어리 삼룡이」 … 46

안타까운 천재, 나도향 | 김정한의 「사하촌」 | '삼룡이'와 '주인아씨'
성격이 바뀌는 인물, 바뀌지 않는 인물 | 「벙어리 삼룡이」

김동인 「감자」 … 70

김동인 | 자연주의 소설 | 에밀 졸라의 『목로주점』
「감자」의 주인공 '복녀' | 「감자」

현진건 「운수 좋은 날」 … 86

민족의 현실을 고발한 현진건 | 일장기 말소 사건 | 사실주의 소설
염상섭과 「표본실의 청개구리」 | 가난을 그린 소설, 빈궁 소설
사건을 넌지시 암시하는 복선 | 현진건의 「빈처」 | 「운수 좋은 날」

이상 「날개」 … 110

「날개」의 도입부 | 이상 | 1930년대 모더니즘 소설
「날개」의 '나'와 '아내' | '나'의 외출 | 작가의 의도에 따른 소설의 구분
이상의 또 다른 작품, 「오감도」 | 「날개」

황순원 「소나기」 … 154

황순원 | 1940~1960년대 소설
황순원 문학상과 양평 소나기 마을 | 「소나기」

아이들이 『공부가 되는 한국대표단편』을 읽으면 좋은 이유

1 위대한 문학이 위대한 사람을 만든다

역사적으로 위대한 성인이나 세상을 바꾼 리더들은 늘 문학을 가까이하며 아꼈습니다. 스티브 잡스는 셰익스피어 책을 끼고 살았고 아인슈타인은 당대의 위대한 문인들과 교류하였으며 간디는 톨스토이를 존경했고 자신의 고민을 그와 편지로 나누기도 했습니다. 그래서 그들은 엔지니어에서 세상을 바꾼 사람으로, 단순한 과학자에서 평화를 지키는 과학자로, 변호사에서 세계의 성인으로 다시 태어날 수 있었습니다.

문학은 사람을 이해하고 사랑하게 하는 영혼의 양식과도 같습니다. 왜냐하면 우리는 문학을 통해 우리가 경험할 수 없는 다양한 계층과 인종, 다양한 생각과 삶의 방식을 만날 수 있기 때문입니다. 이처럼 나와 다른 삶과 생각을 만남으로써 우리는 인간에 대한 이해와 배려, 사람에 대한 통찰력을 기를 수 있습니다.

2 한국 문학의 백미, 한국대표단편

『공부가 되는 한국대표단편』은 우리 아이들이 중·고등학교의 학과 수업이나 교과서를 통해 반드시 배우게 되는 문학 작품뿐 아니라 근현대를 거쳐 한국을 대표한다고 할 수 있는 가장 빼어난 문학 작품을 선별하여 실었습니다. 이 작품들이 한국의 대표단편이라고 불릴 수 있는 것은 빼어난 문학적 완성도와 함께 한국적 한과 정서를 가장 잘 담고 있기 때문입니다. 그렇기에 한국대표단편은 현재의 우리를 제대로 돌아보고 새로이 만나게 하는 또 다른 거울과도 같은 역할을 합니다.

3 감동과 여운 그리고 인간의 존엄성

여섯 살 소녀의 눈으로 어머니의 애틋한 사랑과 마음을 그려 낸 주요한의 「사랑손님과 어머니」, 소금을 뿌린 듯한 메밀밭의 풍경과 한이 담긴 인물의 이야기를 낭만적으로 그려 낸 이효석의 「메밀꽃 필 무렵」 그리고 한 편의 수채화를 보는 듯한 소년, 소녀의 순수한 사랑이 담긴 「소나기」 등은 문학의 참 묘미와 감동을 우리에게 전해 줍니다. 그것은 우리 문학이 서양의 문학처럼 화려하게 채워서 가슴 벅차기보다는 뒤돌아서서 가슴 가득 무언가 스며들게 하는 특유의 여운을 남기기 때문입니다. 또한 소박하고 투박하고 어설픈 인간들의 좌충우돌 속에 묵묵히 삶을 살아 내는 인간의 아름다운 존엄성이 배여 있기 때문입니다.

4 공부의 즐거움을 깨치는 〈공부가 되는〉 시리즈

〈공부가 되는〉 시리즈는 공부라면 지겹게만 여기는 우리 아이들에게 공부의 즐거움을 깨쳐 주면서 아울러 궁금한 것이 많은 우리 아이들의 지적 호기심을 동시에 해결해 주는 시리즈입니다. 공부의 맛과 재미는 탄탄한 기초 교양의 주춧돌 위에 세워질 때 그 효과가 배가됩니다. 그리고 그 기초 교양은 우리 아이들이 학습에서 자기 주도적 능력을 이끌어 내는 데 큰 밑거름이 됩니다. 『공부가 되는 한국대표단편』은 예술성 높은 우리 문학의 감동과 위대함을 고스란히 전달하면서 우리 아이들의 감성과 인간과 세계에 대한 통찰력을 동시에 높여 줄 것입니다. 부디 우리 아이들이 이 책을 통해 우리 문학과 문화 그리고 무궁무진한 상상력과 사고력을 함께 배양하기를 바랍니다.

메밀꽃 필 무렵

이효석

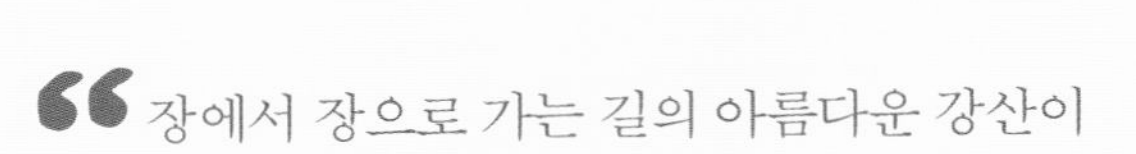

"장에서 장으로 가는 길의 아름다운 강산이

그대로 그에게는 그리운 고향이었다.

반날 동안이나 뚜벅뚜벅 걷고 장터 있는 마을에 거의 가까웠을 때,

거친 나귀가 한바탕 우렁차게 울면……

더구나 그것이 저녁녘이어서 등불들이 어둠 속에 깜박거릴 무렵이면,

늘 당하는 것이건만 허 생원은 변하지 않고 언제든지 가슴이 뛰놀았다."

여름 장이란 애시당초•에 글러서, 해는 아직 중천에 있건만 장판은 벌써 쓸쓸하고 더운 햇발이 벌여 놓은 전 휘장 밑으로 등줄기를 훅훅 볶는다. 마을 사람들은 거지반 돌아간 뒤요, 팔리지 못한 나무꾼패가 길거리에 궁싯거리고들 있으나 석유병이나 받고 고기 마리나 사면 족할 이 축•들을 바라고 언제까지든지 버티고 있을 법은 없다. 츱츱스럽게 날아드는 파리 떼도 장난꾼 각다귀•들도 귀찮다. 얼금뱅이•요, 왼손잡이인 드팀전•의 허 생원은 기어이 동업의 조 선달을 낚아 보았다.

"그만 걷을까."

"잘 생각했네. 봉평장에서 한 번이나 흐뭇하게 사 본 일 있었을까. 내일 대화장에서나 한몫 벌어야겠네."

"오늘밤은 밤을 새서 걸어야 될 걸."

"달이 뜨렷다."

절렁절렁 소리를 내며 조 선달이 그날 산 돈을 따지는 것을 보고 허 생원은 말뚝에서 넓은 휘장을 걷고 벌여 놓았던 물건을 거두기 시작하였다. 무명필과 주단• 바리가 두 고리짝에

애시당초 … 애당초. 일의 맨 처음.

축 … 일정한 특성에 따라 나누어지는 부류.

각다귀 … 남의 것을 뜯어먹고 사는 사람을 비유적으로 이르는 말.

얼금뱅이 … 얼굴이 얼금얼금 얽은 사람을 낮잡아 이르는 말.

드팀전 … 예전에, 온갖 피륙을 팔던 가게.

주단 … 명주와 비단 따위를 통틀어 이르는 말.

꼭 찼다. 멍석 위에는 천 조각이 어수선하게 남았다.

다른 축들도 벌써 거진 전들을 걷고 있었다. 약빠르게 떠나는 패도 있었다. 어물장수도 땜장이도 엿장수도 생강장수도 꼴들이 보이지 않았다. 내일은 진부와 대화에 장이 선다. 축들은 그 어느 쪽으로든지 밤을 새며 육칠십 리 밤길을 타박거리지 않으면 안 된다. 장판은 잔치 뒷마당 같이 어수선하게 벌어지고 술집에서는 싸움이 터져 있었다. 주정꾼 욕지거리에 섞여 계집의 앙칼진 목소리가 찢어졌다. 장날 저녁은 정해 놓고 계집의 고함 소리가 시작되는 것이다.

"생원, 시침을 떼두 다 아네……. 충주집 말야."

계집 목소리로 문득 생각난 듯이 조 선달은 비죽이 웃는다.

"화중지병•이지. 면소패•들을 적수로 하구야 대거리•가 돼야 말이지."

"그렇지도 않을 걸. 축들이 사족을 못 쓰는 것도 사실은 사실이나, 아무리 그렇다곤 해두 왜 그 동이 말일세. 감쪽같이 충주집을 후린 눈치거든."

"무어 그 애숭이•가? 물건 가지고 낚었나 부지. 착실한 녀석인 줄 알았더니."

"그 길만은 알 수 있나……. 궁리 말구 가 보세나그려. 내

화중지병 … 그림의 떡.

면소패 … 나이 어린 패거리.

대거리 … 상대편에게 맞서서 대듦.

애숭이 … 애송이. 애티가 나는 사람이나 물건.

한턱 씀세."

그다지 마음이 당기지 않는 것을 쫓아갔다. 허 생원은 계집과는 연분이 멀었다. 얼금뱅이 상판을 쳐들고 대어 설 숫기도 없었으나, 계집 편에서 정을 보낸 적도 없었고, 쓸쓸하고 뒤틀린 반생이었다. 충주집을 생각만 하여도 철없이 얼굴이 붉어지고 발밑이 떨리고 그 자리에 소스라쳐 버린다. 충주집 문을 들어서 술좌석에서 짜장 동이를 만났을 때에는 어찌 된 서슬엔지 발끈 화가 나 버렸다. 상 위에 붉은 얼굴을 쳐들고 제법 계집과 농탕•치는 것을 보고서야 견딜 수 없었던 것이다. 녀석이 제법 난질꾼•인데 꼴사납다. 머리에 피도 안 마른 녀석이 낮부터 술 처먹고 계집과 농탕이야. 장돌뱅이 망신만 시키고 돌아다니누나. 그 꼴에 우리들과 한몫 보자는 셈이지. 동이 앞에 막아서면서부터 책망이었다. 걱정두 팔자요 하는 듯이 빤히 쳐다보는 상기된 눈망울에 부딪칠 때 결김•에 따귀를 하나 갈겨 주지 않고는 배길 수 없었다. 동이도 화를 쓰고 팩하게 일어서기는 하였으나 허 생원은 조금도 동색하는• 법 없이 마음먹은 대로는 다 지껄였다.

"어디서 주워 먹은 선머슴인지는 모르겠으나 네게도 아비 어미가 있겠지. 그 사나운 꼴 보면 맘 좋겠다. 장사란 탐탁하

농탕 … 남녀가 음탕한 소리와 난잡한 행동으로 놀아 대는 짓.

난질꾼 … 술과 색에 빠져 방탕하게 놀기를 잘하는 사람을 낮잡아 이르는 말.

결김 … 화가 난 나머지.

동색하다 … 얼굴빛이 변하다.

이효석

1907년 강원도 평창에서 태어난 이효석은 성(性) 본능과 개방을 추구한 새로운 작품 경향으로 주목을 끈 우리나라 1920년대 대표적인 단편 소설 작가였어요. 그는 1928년 첫 단편 소설 「도시와 유령」을 발표하면서 소설가로 데뷔했고, 1936년 한국 단편 문학의 전형적인 수작이라고 꼽힐 만한 「메밀꽃 필 무렵」을 발표했어요. 이효석의 재능은 단편 소설에서 두드러지게 나타나 당시 이태준·박태원 등과 더불어 대표적인 단편 소설 작가로 평가되었어요. 1942년 평양에서 36세의 나이로 세상을 떠났어요. 작품으로는 「화분」과 「벽공무한」 등이 있어요.

게 해야 되지. 계집이 다 무어야. 나가 거라, 냉큼 꼴 치워."

그러나 한마디도 대거리하지 않고 하염없이 나가는 꼴을 보려니, 도리어 측은히 여겨졌다. 아직도 서름서름한• 사인데 너무 과하지 않았을까 하고 마음이 섬뜩해졌다.

"주제도 넘지. 같은 술손님이면서도 아무리 젊다고 자식 낳게 되는 것을 붙들고 치고 닦아 셀 것은 무어야 원."

충주집은 입술을 쫑긋하고 술 붓는 솜씨도 거칠었으나, 젊은애들한테는 그것이 약이 된다나 하고 그 자리는 조선달이 얼버무려 넘겼다.

"너 녀석한테 반했지? 애숭이를 빨면 죄 된다."

한참 법석을 친 후이다. 담도 생긴데다가 웬일인지 흠뻑 취해 보고 싶은 생각도 있어서 허 생원은 주는 술잔이면 거의 다 들이켰다. 거나해짐을 따라 계집 생각보다도 동이의 뒷일이 한결같이 궁금해졌다. 내 꼴에 계집을 가로채서는 어떡할 작

서름서름하다 … 사이가 자연스럽지 못하고 매우 서먹서먹하다.

정이었누 하고 어리석은 꼬락서니를 모질게 책망하는 마음도 한편에 있었다. 그러기 때문에 얼마나 지난 뒤인지 동이가 헐레벌떡거리며 황급히 부르러 왔을 때에는, 마시던 잔을 그 자리에 던지고 정신없이 허덕이며 충주집을 뛰어나간 것이었다.

"생원 당나귀가 바●를 끊구 야단이에요."

"각다귀들 장난이지 필연코."

짐승도 짐승이려니와 동이의 마음씨가 가슴을 울렸다. 뒤를 따라 장판을 달음질하려니 게슴츠레한 눈이 뜨거워질 것 같다.

"부락스런 녀석들이라 어쩌는 수 있어야죠."

"나귀를 몹시 구는 녀석들은 그냥 두지는 않는걸."

반평생을 같이 지내 온 짐승이었다. 같은 주막에서 잠자고, 같은 달빛에 젖으면서 장에서 장으로 걸어다니는 동안에 20년의 세월이 사람과 짐승을 함께 늙게 하였다. 가스러진● 목 뒤 털은 주인의 머리털과도 같이 바스러지고, 개진개진 젖은 눈은 주인의 눈과 같이 눈곱을 흘렸다. 몽당비처럼 짧게 슬린 꼬리는 파리를 쫓으려고 기껏 휘저어 보아야 벌써 다리까지는 닿지 않았다. 닳아 없어진 굽을 몇 번이나 도려내고 새 철을 신겼는지 모른다. 굽은 벌써 더 자라나기는 틀렸고 닳아

바 … 삼이나 칡 따위로 세 가닥을 지어 굵다랗게 드린 줄.

가스러지다 … 잔털 따위가 좀 거칠게 일어나다.

버린 철 사이로는 피가 빼짓이 흘렀다. 냄새만 맡고도 주인을 분간하였다. 호소하는 목소리로 야단스럽게 울며 반겨 한다.

어린아이를 달래듯이 목덜미를 어루만져 주니 나귀는 코를 벌름거리고 입을 투루루거렸다. 콧물이 튀었다. 허 생원은 짐승 때문에 속도 무던히는 썩였다. 아이들의 장난이 심한 눈치여서 땀 밴 몸뚱어리가 부들부들 떨리고 좀체 흥분이 식지 않는 모양이었다. 굴레가 벗어지고 안장도 떨어졌다. 요 몹쓸 자식들, 하고 허 생원은 호령을 하였으나 패들은 먼저 줄행랑을 논 뒤요, 몇 남지 않은 아이들이 호령에 놀래 비슬비슬• 멀어졌다.

"우리들 장난이 아니우, 암놈을 보고 저 혼자 발광이지."

코흘리개 한 녀석이 멀리서 소리를 쳤다.

"고 녀석 말투가."

"김 첨지 당나귀가 가 버리니까 온통 흙을 차고 거품을 흘리면서 미친 소같이 날뛰는 걸. 꼴이 우스워 우리는 보고만 있었다우. 배를 좀 보지."

아이는 앵돌아진 투로 소리를 치며 깔깔 웃었다. 허 생원은 모르는 결에 낯이 뜨거워졌다. 뭇시선을 막으려고 그는 짐승의 배 앞을 가리어 서지 않으면 안 되었다.

비슬비슬 … 힘없이 비틀거리는 모양.

"늙은 주제에 암생을 내는 셈야. 저 놈의 짐승이."

아이의 웃음소리에 허 생원은 주춤하면서도 기어이 견딜 수 없어 채찍을 들더니 아이를 쫓았다.

"쫓으려거든 쫓아 보지. 왼손잡이가 사람을 때려."

줄달음에 달아나는 각다귀에는 당하는 재주가 없었다. 왼손잡이는 아이 하나도 후릴 수 없다. 그만 채찍을 던졌다. 술기가 돌아 몸이 유난스럽게 화끈거렸다.

"그만 떠나세. 녀석들과 어울리다가는 한이 없어. 장판의 각다귀들이란 어른보다도 더 무서운 것들인 걸."

이태준과 박태원

이태준은 강원도 철원에서 태어났고 1930년대부터 본격적인 작품 활동을 시작하였어요. 그는 한국 현대 소설 기법의 바탕을 이룩한 것으로 평가받고 있으며, 대표작으로 「달밤」, 「복덕방」 등이 있어요. 그리고 박태원은 서울에서 태어났고 1933년 세태 풍속을 잘 묘사한 「소설가 구보 씨의 1일」, 『천변풍경』 등을 발표하여 작가로서의 지위를 굳혔어요. 그의 작품은 새로운 표현 기법을 사용하여 현실 세태를 잘 묘사한 것이 특징이에요. 이태준과 박태원 두 사람 모두 6·25전쟁 때 월북한 것으로 알려져 있어요.

조 선달과 동이는 각각 제 나귀에 안장을 얹고 짐을 싣기 시작하였다. 해가 꽤 많이 기울어진 모양이었다.

드팀전 장돌이를 시작한 지 20년이나 되어도 허 생원은 봉평장을 빼 논 적은 드물었다. 충주, 제천 등의 이웃 군에도 가고 멀리 영남 지방도 헤매기는 하였으나, 강릉쯤에 물건 하러 가는 외에는 처음부터 끝까지 군내를 돌아다녔다. 닷새만큼씩의 장날에는 달보다도 확실하게 면에서 면으로 건너간다. 고향이 청주라고 자랑 삼아 말하였으나 고향에 돌보러 간 일도 있는 것 같지는 않았다. 장에서 장으로 가는 길의 아름다운 강산이 그대로 그에게는 그리운 고향이었다. 반날● 동안이나 뚜벅뚜벅 걷고 장터 있는 마을에 거의 가까웠을 때, 거친 나귀가 한바탕 우렁차게 울면…… 더구나 그것이 저녁녘이어서 등불들이 어둠 속에 깜박거릴 무렵이면, 늘 당하는 것이건만 허 생원은 변하지 않고 언제든지 가슴이 뛰놀았다.

젊은 시절에는 알뜰하게 벌어 돈푼이나 모아 본 적도 있기는 있었으나, 읍내에 백중●이 열린 해 호탕스럽게 놀고 투전●을 하여 사흘 동안에 다 털어 버렸다. 나귀까지 팔게 된 판이었으나 애끓는 정분에 그것만은 이를 물고 단념하였다.

결국 도로아미타불로 장돌이를 다시 시작할 수밖에는 없었다. 짐승을 데리고 읍내를 도망해 나왔을 때에는 너를 팔지 않기 다행이었다고 길가에서 울면서 짐승의 등을 어루만졌던 것이다. 빚을 지기 시작하니 재산을 모을 염●은 당초에 틀

반날 … 한나절.

백중 … 음력 칠월 보름. 승려들이 부처를 공양하는 날로, 민간에서는 여러 과실과 음식을 마련하여 먹고 논다.

투전 … 손가락 너비만 한 두꺼운 종이를 다섯 치쯤 되게 만든 노름 도구로 하는 노름.

염 … 무엇을 하려는 생각이나 마음.

리고 간신히 입에 풀칠을 하러 장에서 장으로 돌아다니게 되었다.

호탕스럽게 놀았다고는 하여도 계집 하나 후려 보지는 못하였다. 계집이란 쌀쌀맞고 매정한 것이었다. 평생 인연이 없는 것이라고 신세가 서글퍼졌다. 일신•에 가까운 것이라고는 언제나 변함없는 한 필의 당나귀였다.

그렇다고는 하여도 꼭 한 번의 첫 일을 잊을 수는 없었다. 뒤에도 처음에도 없는 단 한 번의 괴이한 인연! 봉평에 다니기 시작한 젊은 시절의 일이었으나 그것을 생각할 적만은 그도 산 보람을 느꼈다.

소설 속 인물은 어떻게 나타내어질까?

소설에서 등장인물은 매우 중요해요. 등장인물의 성격을 통해 말과 행동이 나타나고, 그로 인해 갈등이 생기고 또 해결되기 때문이에요. 등장인물의 성격을 표현하는 데에는 직접적으로 서술자 혹은 또 다른 등장인물의 입을 빌려 설명해 주는 경우가 있어요. 반면, 등장인물의 겉모습을 묘사하거나 행동, 대화만을 보여 주어 성격을 간접적으로 느끼게 하는 경우도 있어요. 「메밀꽃 필 무렵」에서는 '젊은 시절에는 알뜰하게 벌어 돈푼이나 모아 본 적도 있기는 하였으나' 등의 서술로 '허 생원'의 성격을 직접 말해 주고 있어요.

"달밤이었으나 어떻게 해서 그렇게 됐는지 지금 생각해두 도무지 알 수 없어."

허 생원은 오늘밤도 또 그 이야기를 끄집어내려는 것이다. 조 선달은 친구가 된 이래 귀에 못이 박이도록 들어 왔다. 그렇다고 싫증은 낼 수도 없었으나, 허 생원은 시치미를 떼고 되

일신 … 자기 한 몸.

풀이할 대로는 되풀이하고야 말았다.

"달밤에는 그런 이야기가 격에 맞거든."

조 선달 편을 바라는 보았으나 물론 미안해서가 아니라 달빛에 감동하여서였다. 이지러는 졌으나 보름을 가제• 지난 달은 부드러운 빛을 흐뭇이 흘리고 있다. 대화까지는 80리의 밤길, 고개를 둘이나 넘고 개울을 하나 건너고 벌판과 산길을 걸어야 된다. 길은 지금 긴 산허리에 걸려 있다. 밤중을 지난 무렵인지 죽은 듯이 고요한 속에서 짐승 같은 달의 숨소리가 손에 잡힐 듯이 들리며, 콩 포기와 옥수수 잎새가 한층 달에 푸르게 젖었다. 산허리는 온통 메밀밭이어서 피기 시작한 꽃이 소금을 뿌린 듯이 흐뭇한 달빛에 숨이 막힐 지경이다. 붉은 대궁이 향기 같이 애잔하고 나귀들의 걸음도 시원하다. 길이 좁은 까닭에 세 사람은 나귀를 타고 외줄로 늘어섰다. 방울 소리가 시원스럽게 딸랑딸랑 메밀밭께로 흘러간다. 앞장선 허 생원의 이야기 소리는 꽁무니에 선 동이에게는 확적히•는 안 들렸으나, 그는 그대로 개운한 제멋에 적적하지는 않았다.

"장선 꼭 이런 날 밤이었네. 객줏집• 토방이란 무더워서 잠이 들어야지. 밤중은 돼서 혼자 일어나 개울가에 목욕하러 나

가제 … '갓' 의 사투리. 방금.

확적하다 … 정확하게 맞아 조금도 틀리지 아니하다.

객줏집 … 예전에, 길 가는 나그네들에게 술이나 음식을 팔고 손님을 재우는 영업을 하던 집.

갔지. 봉평은 지금이나 그제나 마찬가지나 보이는 곳마다 메밀밭이어서 개울가가 어디 없이 하얀 꽃이야. 돌밭에 벗어도 좋을 것을 달이 너무도 밝은 까닭에 옷을 벗으려 물방앗간으로 들어가지 않았나. 이상한 일도 많지. 거기서 난데없는 성 서방네 처녀와 마주쳤단 말이네. 봉평서야 제일가는 일색이었지."

"……팔자에 있었나 부지."

아무렴 하고 응답하면서 말머리를 아끼는 듯이 한참이나 담배를 빨 뿐이었다. 구수한 자줏빛 연기가 밤기운 속에 흘러서는 녹았다.

"날 기다린 것은 아니었으나 그렇다고 달리 기다리는 놈팽이가 있는 것두 아니었네. 처녀는 울고 있단 말야. 짐작은 대고 있었으나 성 서방네는 한창 어려워서 들고날 판인 때였지. 한집안 일이니 딸에겐들 걱정이 없을 리 있겠나? 좋은 데만 있으면 시집도 보내련만 시집은 죽어도 싫다지……. 그러나 처녀란 울 때같이 정을 끄는 때가 있을까. 처음에는 놀라기도 한 눈치였으나 걱정 있을 때는 누그러지기도 쉬운 듯해서 이럭저럭 이야기가 되었네……. 생각하면 무섭고도 기막힌 밤이었어."

"제천 연지로 줄행랑을 놓은 건 그 다음날이렷다."

"다음 장도막•에는 벌써 온 집안이 사라진 뒤였네. 장판은 소문에 발끈 뒤집혀 오죽해야 술집에 팔려 가기가 상수•라고 처녀의 뒷공론•이 자자들 하단 말야. 제천 장판을 몇 번이나 뒤졌겠나. 하나 처녀의 꼴은 꿩 궈 먹은 자리야. 첫날밤이 마지막 밤이었지. 그때부터 봉평이 마음에 든 것이 반평생을 두고 다니게 되었네. 평생인들 잊을 수 있겠나."

"수 좋았지. 그렇게 신통한 일이란 쉽지 않어. 항용• 못난 것 얻어 새끼 낳고 걱정 늘고 생각만 해두 진저리나지……. 그러나 늘그막바지까지 장돌뱅이로 지내기도 힘 드는 노릇 아닌가. 난 가을까지만 하구 이 생애와도 하직하려네. 대화쯤에 조그만 전방이나 하나 벌이구 식구들을 부르겠어. 사시장천 뚜벅뚜벅 걷기란 여간이래야지."

"옛 처녀나 만나면 같이나 살까……. 난 거꾸러질 때까지 이 길 걷고 저 달 볼 테야."

산길을 벗어나니 큰길로 틔어졌다. 꽁무니의 동이도 앞으로 나서 나귀들은 가로 늘어섰다.

"총각두 젊겠다 지금은 한창 시절이렷다. 충주집에서는 그만 실수를 해서 그 꼴이 되었으나 섧게 생각 말게."

장도막 … 한 장날로부터 다음 장날 사이의 동안을 세는 단위.

상수 … 가장 좋은 꾀.

뒷공론 … 일이 끝난 뒤에 쓸데없이 이러니 저러니 다시 말함.

항용 … 늘. 언제나.

"처, 천만에요. 되려 부끄러워요. 계집이란 지금 웬 제격인가요. 자나 깨나 어머니 생각뿐인데요."

허 생원의 이야기로 실심해•한 끝이라 동이의 어조는 한풀 수그러진 것이었다.

"아비 어미란 말에 가슴이 터지는 것도 같았으나 제겐 아버지가 없어요. 피붙이라고는 어머니 하나뿐인걸요."

"돌아가셨나?"

"당초부터 없어요."

"그런 법이 세상에……."

생원과 선달이 야단스럽게 껄껄들 웃으니 동이는 정색하고 우길 수밖에는 없었다.

"부끄러워서 말하지 않으려 했으나 정말예요. 제천 촌에서 달도 차지 않은 아이를 낳고 어머니는 집을 쫓겨났죠. 우스운 이야기나 그러기 때문에 지금까지 아버지 얼굴도 본 적 없고, 있는 고장도 모르고 지내 와요."

고개가 앞에 놓인 까닭에 세 사람은 나귀를 내렸다. 둔덕

낭만주의 소설

18세기 말부터 19세기 초에 독일과 영국, 프랑스 등에서 유행한 '낭만주의'는 자유와 개성을 중시하고 현실보다는 이상을 추구하는 문학관이에요. 낭만주의는 꿈이나 공상의 세계를 동경하고, 감상적인 정서를 중요하게 여겨 감정 표현이 매우 풍부해요. 「메밀꽃 필 무렵」도 낭만주의 소설 중 하나라고 할 수 있어요. 배경이 되는 달밤의 산길은 삶과 자연이 어우러진 환상적인 세계예요. 여기에 사랑의 추억과 끊을 수 없는 혈연이 더해져 장돌뱅이 '허 생원'의 삶이 상징적으로 표현되어 있어요.

실심하다 … 근심 걱정으로 맥이 빠지고 마음이 산란하여지다.

은 험하고 입을 벌리기도 대근하여● 이야기는 한동안 끊겼다. 나귀는 건듯하면 미끄러졌다. 허 생원은 숨이 차 몇 번이고 다리를 쉬지 않으면 안 되었다. 고개를 넘을 때마다 나이가 알렸다. 동이 같은 젊은 축이 끝이 없이 부러웠다. 땀이 등을 한바탕 쭉 씻어 내렸다.

고개 너머는 바로 개울이었다. 장마에 흘러 버린 널다리가 아직도 걸리지 않은 채로 있는 까닭에 벗고 건너야 되었다. 고의●를 벗어 따로 등에 얽어매고 반벌거숭이의 우스꽝스런 꼴로 물 속에 뛰어들었다. 금방 땀을 흘린 뒤였으나 밤 물은 뼈를 찔렀다.

"그래, 대체 기르긴 누가 기르구?"

"어머니는 하는 수 없이 의부를 얻어 가서 술장수를 시작했죠. 술이 고주래서 의부라고 전 망나니예요. 철들어서부터 맞기 시작한 것이 하룬들 편한 날이 있었을까. 어머니는 말리다가 채고 맞고 칼부림을 당하곤 하니 집 꼴이 무어겠소. 열여덟 살 때 집을 뛰쳐나와서부터 이 짓이죠."

"총각 낫세●론 동이 무던하다고 생각했더니 듣고 보니 딱한 신세로군."

물은 깊어 허리까지 채었다. 속 물살도 어지간히 센데다가

대근하다 … 견디기가 어지간히 힘들고 만만하지 않다.

고의 … 남자의 여름 홑바지.

낫세 … 나쎄. 그만한 나이를 속되게 이르는 말.

발에 차이는 돌멩이도 미끄러워 금시에 훌칠• 듯하였다. 나귀와 조 선달은 재빨리 거의 건넜으나 동이는 허 생원을 붙드느라고 두 사람은 훨씬 떨어졌다.

"모친의 친정은 원래부터 제천이었던가?"

"웬걸요. 시원스리 말은 안 해 주나 봉평이라는 것은 들었죠."

"봉평? 그래 그 아비 성은 무엇이구?"

"알 수 있나요. 도무지 듣지를 못했으니까."

"그, 그렇겠지."

하고, 중얼거리며 흐려지는 눈을 까물까물하다가 허 생원은 경망하게도 발을 빗디뎠다. 앞으로 고꾸라지기가 바쁘게 몸채 풍덩 빠져 버렸다. 허우적거릴수록 몸을 걷잡을 수 없어 동이가 소리를 치며 가까이 왔을 때는 벌써 퍽으나 흘렀었다. 옷째 쫄딱 젖으니 물에 젖은 개보다도 더 참혹한 꼴이었다. 동이는 물속에서 어른을 해깝게• 업을 수 있었다. 젖었다고는 하여도 여윈 몸이라 장정 등에는 오히려 가벼웠다.

"이렇게까지 해서 안됐네. 내 오늘은 정신이 빠진 모양이야."

"염려하실 것 없어요."

훌치다 … 물체가 바람 따위를 받아서 휘우듬하게 쏠리다.

해깝다 … '가볍다'의 사투리.

「메밀꽃 필 무렵」

메밀꽃이 만발한 어느 달밤, 한 여인과 맺은 단 한 번의 사랑의 추억에서 삶의 보람을 느끼지만 다시 만날 수 없는 아픔을 안고 살아가는 장돌뱅이의 삶의 한 면을 그린 작품이에요. 시골 장터 풍경이나 허 생원과 동일시되는 나귀의 묘사 등은 매우 사실적이지만, 전체적인 분위기는 매우 서정적이며 낭만적이에요. 여기에 늙은 장돌뱅이의 삶이 '길'을 무대로 하여 이야기를 풀어 나가 인간의 정과 그 신비로움을 표현하고 있어요.

"그래 모친은 아비를 찾지 않는 눈치지?"

"늘 한번 만나고 싶다고는 하는데요."

"지금 어디 계신가?"

"의부와도 갈라져서 제천에 있죠. 가을에는 봉평에 모셔 오려고 생각 중인데요. 이를 물고 벌면 이럭저럭 살아갈 수 있겠죠."

"아무렴, 기특한 생각이야. 가을이랬나?"

동지의 탐탁한• 등허리가 뼈에 사무쳐 따뜻하다. 물을 다 건넜을 때에는 도리어 서글픈 생각에 좀 더 업혔으면서도 하였다.

"진종일 실수만 하니 웬일이요, 생원."

조 선달은 바라보며 기어이 웃음이 터졌다.

"나귀야. 나귀 생각하다 실족을 했어. 말 안 했던가. 저 꼴에 제법 새끼를 얻었단 말이지, 읍내 강릉집 피마•에게 말일세. 귀를 쫑긋 세우고 달랑달랑 뛰는 것이 나귀 새끼같이 귀

탐탁하다 … 모양이나 태도, 어떤 일 따위가 마음에 들어 만족하다.

피마 … 다 자란 암말.

여운 것이 있을까, 그것 보러 나는 일부러 읍내를 도는 때가 있다네."

"사람을 물에 빠치울 젠 딴은 대단한 나귀 새끼군."

허 생원은 젖은 옷을 웬만큼 짜서 입었다. 이가 덜덜 갈리고 가슴이 떨리며 몹시도 추웠으나 마음은 알 수 없이 둥실둥실 가벼웠다.

"주막까지 부지런히들 가세나. 뜰에 불을 피우고 훗훗이• 쉬어. 나귀에겐 더운물 끓여 주고, 내일 대화장 보고는 제천이다."

"생원도 제천으로……."

"오래간만에 가 보고 싶어. 동행하려나, 동이?"

나귀가 걷기 시작하였을 때 동이의 채찍은 왼손에 있었다. 오랫동안 어둑시니• 같이 눈이 어둡던 허 생원도 요번만은 동이의 왼손잡이가 눈에 띄지 않을 수 없었다.

걸음도 해깝고 방울 소리가 밤 벌판에 한층 청청하게 울렸다.

달이 어지간히 기울어졌다.

훗훗이 … 마음을 부드럽게 녹여 주는 듯한 훈훈한 기운이 있게.

어둑시니 … 어둠의 귀신. 장님.

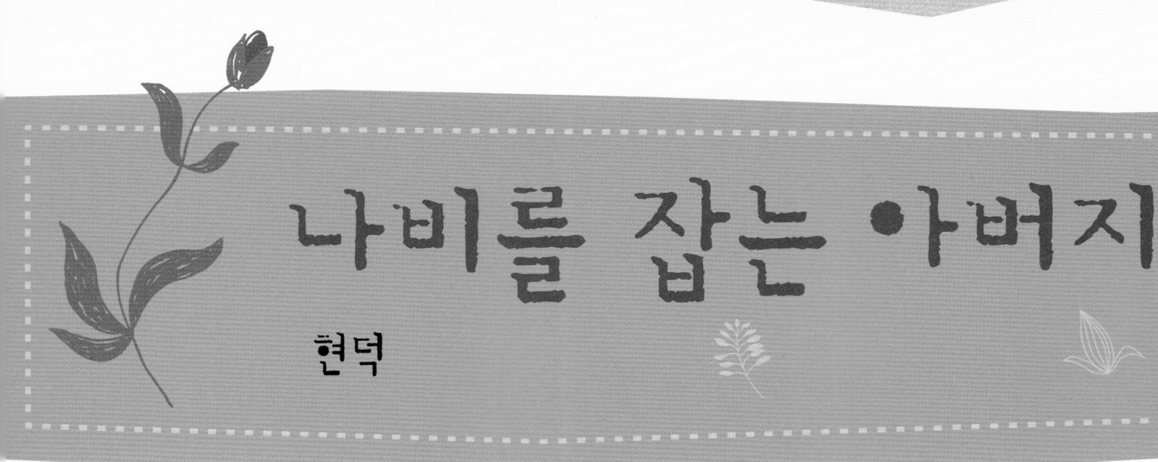

나비를 잡는 아버지

현덕

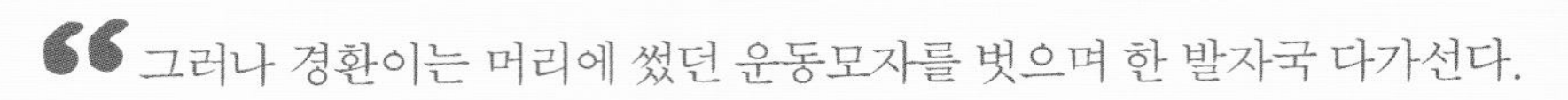

“그러나 경환이는 머리에 썼던 운동모자를 벗으며 한 발자국 다가선다.

“너희 집 참외 넝쿨 소중한 건 알면서,

어째 남의 나비 잡는 건 훼방을 놓는 거냐? 나두 장난으로 잡는 건 아냐.”

“장난이 아닌지는 몰라도 넌 나비를 잡는 거고,

우리 집은 참외 농사로 양식도 팔고 그래야 할 것이거든.

그래, 나비가 중하냐, 사람 사는 게 중하냐?””

황혼의 종로로 방향을 돌려서
빼스는 떠난다. 경쾌스럽게.

건들어진 노랫소리가 푸른 언덕을 넘어온다. 바우는 송아지를 뜯기며, 밤나무 그늘에 앉아 그림 그리는 책을 펴 들었다. 송아지가 움직이는 대로 자리를 옮겨 앉으며, 옆으로 풀을 뜯는 송아지 모양을 그리느라 열심히 들여다보고 연필을 놀리고 하더니, 잠시 멈추고 귀를 기울인다. 그리고 "흥!" 하고 빈정거리는 웃음을 한 번 웃고는, 그 소리가 듣기 싫다는 듯 그 편에 등을 대고 돌아앉는다.

'겨우 서울 가서 공부한다고 배워 가지고 온 것이 유행가 나부랭이하고 나비 잡는 것이냐.'

지난해 봄 바우와 경환이는 한날에 그곳 소학교를 졸업을 하였다. 경환이는 서울로 상급 학교를 가고, 바우 자기는 집에서 꾸벅꾸벅 땅이나 파고 있어야 했을 때, 바우는 무척 슬퍼하고 억울해하고, 따라서 경환이를 부러워도 하였다.

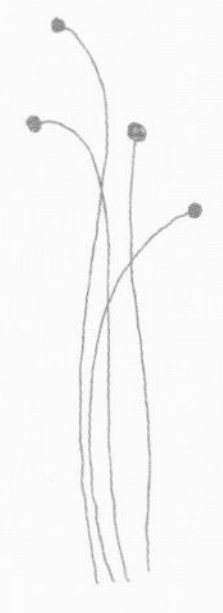

바우 자기가 값없이 보내는 그 하루하루에 경환이는 좋은

소년 소설을 쓴 현덕

월북 작가인 현덕의 오늘날 알려진 작품 대부분은 1940년대 이전에 발표된 것들이에요. 그래서 그는 당시 가장 큰 사회적인 문제였던 빈부의 대립에서 오는 갈등을 작품 속에 그렸어요. 하지만 세상에 물들지 않은 소년을 주인공으로 내세운 소년 소설로 양심과 우정, 진로 등 그 나이 또래의 문제도 함께 녹여 감동과 교훈을 주려고 했어요. 지금은 그가 남긴 모든 작품을 볼 수는 없지만 현재 전하는 작품 속에서도 그의 뛰어난 문학성을 느낄 수 있어요.

학교, 훌륭한 선생 아래서 날마다 새로워 가고 높아 갈 것을 생각할 때, 바우는 가만히 있지 못했다. 그 상급 학교에 가지 못하는 벌충을 여기다 하려는 듯이 틈 있는 대로 그림을 그렸고, 그것으로 즐거움을 삼았다.

그리고 얼마 전에 그 경환이가 하기 휴가를 하고 서울서 집에 돌아왔다. 그러나 전보다 얼굴빛이 희어지고, 바지통이 넓은 양복에 흰 테두리의 모자를 멋있게 쓴 것이 달라졌을 뿐, 하는 일이라고는 고작, 서울이 얼마나 좋고 자기 다니는 학교가 얼마나 훌륭한 곳인가를 자랑하는 것과 활동사진 배우 중 누구는 어떻고 누구는 어쩌고, 그리고 잡된• 유행가를 부르고, 동네 어린아이들을 몰고 다니며 나비를 잡는 것이 전부였다. 경환이는 그런 짓으로 전날 소학교 때 늘 바우에게 성적으로 머리를 눌려 오던 분풀이를 하려는 듯이 빼기며 다녔다. 바우에게 그 꼴이 곱게 보일 리가 없었다.

잡되다 … 중요하지 못하고 보잘것없다.

꽃피는 남산으로 방향을 돌려서
빼스는 떠난다, 가로수 그늘.

노랫소리는 점점 가까워 온다. 그리고 잠시 언덕 너머가 떠들썩하더니, 호랑나비 한 마리가 피로한 나래로 갈팡질팡 날아와 밤나무 가지에 야트막하게 앉는다.

바우는 그 나비를 쉽게 잡을 수 있었다. 그리고 잠깐 그 호사스런 모양과 찬란한 빛깔을 들여다보다가 도로 날려 보내려 할 즈음, 언덕 위로 동네 아이들의 머리가 불쑥불쑥 나타나며, 곧이어 경환이가 나비 잡는 채를 휘두르며 뛰어 내려온다.

경환이는 바우가 앉아 있는 밤나무 그늘로 들어서며,

"너, 호랑나비 어디로 날아가는지 봤니?"

하더니, 바우 손에 잡혀 있는 나비를 보고는 반색을 한다.

"나 다우."

하고 으레 줄 것으로 알고 손을 내밀었으나, 바우는 그 손을 툭 쳐 버리고 몸을 돌린다.

"넌 무슨 까닭으로 어린애들을 몰고 다니며 애먼• 나비를 못살게 하는 거냐?"

애먼 … 일의 결과가 다른 데로 돌아가 엉뚱하게 느껴지는.

"뭐?"

하고 경환이는 뜻하지 않은 말에 잠시 멍하니 바라보다가,

"누가 장난으로 잡는 거냐? 학교서 숙제를 냈어. 동물 표본을 만들어 오라고."

"장난 아니믄, 벌써 너 나비 잡기 시작한 지가 며칠이냐. 그동안에 못 잡아도 100마리는 잡았겠구나. 그것을 다 동물 표본 만들고도 모자라서 또 잡는 거냐?"

"모두 못 쓰게 잡았으니까 그렇지. 날개도 상하고."

하더니, 경환이는 변색•을 하고 한 발자국 다가서며,

"넌 남이 나빌 잡건 말건 무슨 상관이냐, 건방지게."

"나두 상관할 만해서 그런다."

"무슨 상관이냐?"

"너 때문에 나비 구경을 못 하게 되겠으니까 하는 말이다."

하고, 바우는 경환이 얼굴을 마주 노려보다가,

"네가 동물 표본을 만들기 위해 나비가 필요하다면 난 그림 그리는 데에 나비가 필요해. 너만을 위해서 생긴 나비는 아니지."

그러나 경환이는 "흥!" 하고 코웃음을 친다. 바우는 한층 음성을 높여 계속한다.

변색 … 놀라거나 화가 나서 얼굴빛이 달라짐.

"그리고 어린아이들에게 잡된 유행가는 너 왜 가르치는 거냐? 부르고 싶으면 너나 부르지."

이 말엔 매우 괘씸한 모양인지 경환이는 낯을 붉히며 대든다.

"이 동네에서 나 하는 거 시비할 사람 없어. 건방지게 왜 이래?"

하는 그 말 속엔 분명 자기는 마름• 집 외아들로서 지위가 좋은 몸, 너같이 소나 뜯기는 놈에게 시비를 받을 몸이 아니라는 빈정거림이 있다.

바우는 썩 비위가 상해서,

"흥!"

하며 마주 코웃음을 치고, 그리고 좀 더 골을 올리려고 두 손가락에 날개를 접어 쥔 나비를 이것 너 줄까, 하는 시늉으로 경환이 등을 향해 두어 번 겨누다가 그대로 공중으로 날려 버린다.

나비는 방향이 없이 어지러이 한 바퀴 맴을 돌더니 언덕 아래로 높았다 낮았다 날아간다. 경환이는 갑자기 몸을 날려 그 나비를 쫓아간다. 그러다가 나비가 아래 논 가운데로 날아가자 뒤돌아서 바우를 무섭게 한 번 눈을 흘겨보고, 돌 하나를

마름 … 지주를 대신해 소작권을 관리하는 사람.

집어 근처에서 풀을 뜯고 있는 송아지를 때리고는 언덕 아래로 달아났다.

그러나 경환이의 심술은 이것만으로 그치지 않았다. 송아지에게 먹을 만치 풀을 뜯기고, 언덕 아래로 몰고 내려와 수수밭 모퉁이를 돌아섰을 때, 바우는 다시금 놀랐다. 개울 건너 바우네 참외밭에서 경환이란 놈이 나비 잡는 채를 휘두르며 날뛰고 있다. 그까짓 송장나비를 잡으려고 그러는 것이 아닐 텐데, 경환이는 그 나비를 쫓아 구두 신은 발로 지금 한창 참외가 익기 시작하는 넝쿨을 함부로 질겅질겅 밟으며, 이리 뛰고 저리 뛰고 한다. 일부러 그러는 것이 분명하다. 나비를 잡는 척 참외밭으로 몰아놓고 참외 넝쿨을 결딴내는 것이리라.

바우는 눈이 뒤집혔다. 더욱이 그 참외 밭은 장차 햇곡식• 나기 전까지의 바우 집 식구들의 식량을 책임질 땅이요, 바우 자기도 참외가 잘 열리면 책 한 권쯤 사 달라려고 벼르고 있던 터다. 바우는 나는 듯 개울을 건너 쫓아가 등줄기를 한 번 후리고는,

"인마, 눈 없어? 이거 못 봐?"

하고 낭자한 그 자취를 손으로 가리키며,

햇곡식 … 그해에 새로 난 곡식.

"넌 남의 집 농사 결딴나두 상관없니, 인마?"

그러나 경환이는,

"우리 집 땅 내가 밟았기로 무슨 상관이야."

하고, 기가 막히다는 듯 "피이!" 하고 고개를 옆으로 돌린다.

그러나 사실 기가 막히는 건 바우다.

"우리 집 땅?"

하고, "허 참!" 하늘을 쳐다보고 탄식하고는,

"땅은 너희 집 거라두 참외 넝쿨은 우리 집 거 아니냐? 누가 너희 집 땅을 밟는다고 하는 말이야? 우리 집 참외 넝쿨을 결딴내니까 말이지."

그러나 경환이는 머리에 썼던 운동 모자를 벗으며 한 발자국 다가선다.

"너희 집 참외 넝쿨 소중한 건 알면서, 어째 남의 나비 잡는 건 훼방을 놓

지주와 마름, 소작농

'지주'란 토지를 가진 사람으로, 자신의 토지를 남에게 빌려 주고 그 대가를 받는 사람을 말해요. 지주의 토지를 빌려 쓰고 대가를 치르는 사람은 '소작농'이라고 해요. 그리고 지주와 소작농 사이에 있는 사람이 바로 '마름'이에요. 마름은 지주 대신 소작농을 관리하고 대가를 거두어들이는 중간 역할을 담당한 사람이에요. 다른 말로는 '사음'이라고도 해요. 조선 후기 왕실의 필요에 의해 생긴 마름은 점차 일반 백성들에게까지 퍼졌어요. 그래서 지주가 가진 토지에서 멀리 떨어져 사는 경우에 주로 마름을 두어 소작농을 관리하게 했어요. 그러나 자신의 마음에 들지 않는 소작농의 땅을 다른 소작농에게 넘겨줘 버리거나 소작료를 중간에서 착복하는 등 마름의 횡포가 심해져 일제 강점기까지 사회적인 문제가 되었어요. 마름은 8·15광복 이후가 되어서야 사라졌어요.

는 거냐? 나두 장난으로 잡는 건 아냐."

"장난이 아닌지는 몰라도 넌 나비를 잡는 거고, 우리 집은 참외 농사로 양식도 팔고 그래야 할 것이거든. 그래, 나비가 중하냐, 사람 사는 게 중하냐?"

바우가 팔을 저어 시늉하며 어느 것이 소중하냐고 턱을 대는데, 경환이는,

"나두 거기 학교 성적이 달린 거야."

하고 "피이!" 하며 업신여기는 웃음을 짓더니,

"너희 집 집안 살림을 내가 알게 뭐냐."

하고 같은 웃음으로 좌우를 돌아본다. 개울 건너 길가에 동네 아이들이 모여 섰고, 그 뒤로 지게를 진 어른들도 섰다. 바우는 낯이 화끈 달았다.

"뭐, 인마?"

대뜸 상대의 멱살을 잡고,

"그래서 남의 참외 밭 결딴내는 거냐? 나비가 우리 집 참외 밭에만 있구 다른 덴 없어, 인마?"

경환이는 멱살을 잡힌 채 이리저리 목을 내저으며,

"이게 유도 맛을 보지 못해 이래. 너, 다 그랬니, 다 그랬어?"

하고 어르다가 날래게 궁둥이를 들이대고 팔을 낚아 넘겨 치려 하나, 원체 나무통처럼 버티고 섰는 바우의 몸은 호리호리한 경환의 허릿심으로는 꺾이지 않았다. 도리어 바우가 슬쩍 딴죽•으로 걸고 밀자 경환이 자신이 쿵 나둥그러졌다.

그러나 쓰러졌다가 다시 일어설 때 경환이는, 손에 돌을 집어 들고 얼굴에 울음을 만들고는,

"이 자식아, 나비 잡는 사람, 왜 때리고 훼방을 놓는 거야, 왜!"

하고 비겁하게 돌 든 손을 머리 위로 쳐들어 겨누는 것이다.

결국 싸움은, 이때껏 아이들 등 뒤에 입 벌리고 서서 보고만 있던 동네 어른 하나가 개울을 건너와 사이를 뜯어 놓고, 경환이를 참외 밭 바깥으로 이끌어 나간 것으로 끝났으나, 경환이가 손목을 이끌려 가면서도 계속 뒤를 돌아보며, 어디 두고 보자고 벼르던 그 말이 허사가 아니었다.

바우가 자기 집 장독간 앞에서 벌통을 들여다보고 앉았는데, 경환이 집에서 부엌 심부름 하는 계집아이가 왔다. 바우는 까닭 없이 가슴이 뜨끔했다.

"바우 어머니, 집에 있수?"

딴죽 … 발로 상대편의 다리를 옆으로 치거나 끌어당겨 넘어뜨리는 기술.

하고, 계집아이는 안방과 부엌을 기웃거리다가 마당에 서 있는 바우를 보고,

"너, 우리 집 서울 학생 때렸니?"

하고 쳐다보다가 대답이 없으니까,

"너 야단났다. 우리 집 아씨가 막 역정이 나서 너희 어머니 불러 오래, 얘."

마침 우물에서 돌아오는 바우 어머니를 보고, 계집아이는 다시 한 번 그 말을 옮기고는 문밖으로 사라졌다.

'난 잘못한 거 없으니까.'

하면서도 바우는 가슴이 두근거렸다. 일없이 뒤곁으로 갔다 마당으로 나왔다 하며, 어머니가 돌아올 때를 기다리면서 조마조마한다.

먼저, 아버지가 뒷밭에서 돌아왔다. 이맛살을 찌푸린 얼굴로, 아버지는 기색이 좋지 못하다. 호미를 마당 가운데 던지더니 아버지는 갑자기 큰소리를 냈다.

"참외 밭에서 누구하구 싸웠니?"

바우는 벌통 앞에 돌아앉아서 말이 없다.

"너두 눈 있거든 참외 밭에 좀 가 봐. 넝쿨 하나 성한 게 있나. 인마, 그 밭에 도지•가 얼만지 아나? 벼로 열 말이야. 참

도지 … 논밭이나 집터를 빌린 대가로 해마다 내는 벼.

외는 안 되두 낼 것은 내야지. 그리고 허구한 날 먹을 건 먹어야지. 그런 걱정은 없구, 인마, 참외 밭에서 싸움이 뭐냐, 싸움이."

바우는 벌통 앞에서 일어서며 볼멘소리•로,

"누가 싸웠나. 경환이가 나비를 잡는다고 참외 밭에서 막 넝쿨을 밟길래 말린 거지."

그러나 아버지의 음성은 한층 커졌다.

"내가 뭐랬어. 참외 밭 근처서 멀리 떠나지 말고 지키랬지. 그놈의 그림책, 이리 내놔라. 그것만 잡고 앉아 있으면 정신없다가 참외 밭을 결딴내는 것두 몰랐지, 인마."

하고, 그 그림책을 찾는 것처럼 두리번거리고 뒤꼍으로 가더니 아버지는 혼잣말로, 서울 가서 공부한 것이 나비 잡는다고 남의 집 참외 밭 결딴내는 거냐고 중얼거리며 울타리에서

최초의 월간 잡지, 〈소년〉

1908년 최남선이 창간한 우리나라 최초의 월간 잡지예요. 최남선은 일본 유학 중 자비로 인쇄 기구를 구입하여 귀국하였어요. 그리고 이 인쇄 기구를 이용하여 우리나라 최초의 잡지 〈소년〉을 발간했어요. 〈소년〉은 주로 청소년을 대상으로 하였으며 새로운 지식의 보급과 계몽, 강건한 청년 정신의 함양에 힘썼어요. 초기에는 최남선 혼자 집필과 편집, 발행까지 도맡다가 3권부터 이광수, 홍명희도 글을 싣기 시작했어요. 하지만 일제에 의해 1911년 발행 정지를 당했어요. 〈소년〉 창간호에 실린 최남선의 「해에게서 소년에게」는 신체시의 효시로서 문학사적 의의가 매우 커요.

볼멘소리 … 서운하거나 성이 나서 퉁명스럽게 하는 말투.

호박잎을 따고 있다. 아마 부러진 참외 넝쿨을 그것으로 이어 보려는 것이리라.

조금 후, 아버지는 호박잎을 따 가지고 나오며,

"너이 어머니 어디 갔니?"

그러나 바우는 경환이 집에서 어머니를 불러 갔다는 말은 나오지 않았다. 묵묵히 바우는 대답이 없다. 하지만 아버지는 더 묻지 않아도 좋았다. 바로 그 어머니가 상기한 얼굴로 대문을 들어섰기 때문이다.

어머니는 다짜고짜 바우에게로 달려가 등줄기를 후리고는,

"자식이 어떻게 했으면 어미 망신을 그렇게 시키니. 어서 나비 잡아 가지고 가서 빌어라, 빌어."

그리고 아버지를 향하고는,

"당신도 가 보우. 바깥사랑•에서 부릅디다."

아버지는 어리둥절하여 바우와 어머니를 번갈아 쳐다보다가,

"어떻게 된 일이야, 응?"

그러나 어머니는 바우를 향해서만 또,

"남이 나비를 잡거나 말거나 내버려 두지, 왜 다니며 어쭙잖게 훼방을 놓는 거냐?"

바깥사랑 … 바깥채나 바깥쪽에 있는 사랑.

"누가 훼방을 놓았나? 남의 참외 밭에 들어가 그러길래 못하게 말린 거지."

"아, 네가 밤나뭇골 언덕에서 손에 잡았던 나비까지 날려 보내며 뭐라구 그랬다는데, 그래."

그러나 담 밑에서 붙어 서서 움직이지 않는 바우를 어머니는 쫓아와 다조진다•.

"이렇게 고집을 부리고 안 가면 어떡헐 셈이냐. 땅 떨어져도 좋겠니? 너두 소견이 있지."

그러나 바우는 어슬렁어슬렁 길로 나가더니 우물 앞 정자나무 앞에 이르자 걸음을 멈추고, 동네 노인들이 장기를 두고 앉았는 것을 넋을 놓고 들여다보고 서 있다. 장기가 두 판이 끝나고, 세 판이 끝나고, 모였던 사람이 헤어져도 바우는 자리를 뜨지 않는다. 바우는 자기가 조금도 잘못한 것이 없다는 것, 누구에게도 머리를 굽힐 까닭이 없다는 고집이 정자나무 통만큼이나 뻣뻣할 뿐이었다.

해가 저물었다. 지붕 너머로 바우 집 굴뚝에도 연기가 오르고, 그 연기가 잦아든 때에야 바우는 슬슬 눈치를 살피며 대문을 들어섰다.

그러나 건넛방 쪽에 눈이 갔을 때 바우는 크게 놀랐다. 아

다조지다 … 일이나 말을 바짝 재촉하다.

궁이 앞에 그토록 아끼던 그림 그리는 책이 조각조각 찢기어 허옇게 흩어져 있다. 바우는 그 앞에 이르러 멍하니 내려다보고 서 있는데, 등 뒤에서 아버지 음성이 났다.

"인마, 남은 서울 학교 다녀서 나비도 잡고 그러는 건데 건방지게 왜 다니며 훼방을 놓는 거냐, 훼방을."

그리고 바우가 그림 그리는 것과 상관없는 일일 텐데 아버지는,

"담부터 내 눈앞에 그 그림 그리는 꼴 보이지 말어라. 네깐 놈이 그림 그걸루 남처럼 이름을 내겠니, 먹고살게 되겠니?"

하고, 돌아서 문밖으로 나가려다가 다시 돌아서며 아버지는,

"나비는 잡아 갔지?"

하고 다져 묻는다.

바우는 고개를 숙인 채 묵묵하다. 아버지는 기가 막힌 듯 잠시 건너다보기만 하다가 언성을 높였다.

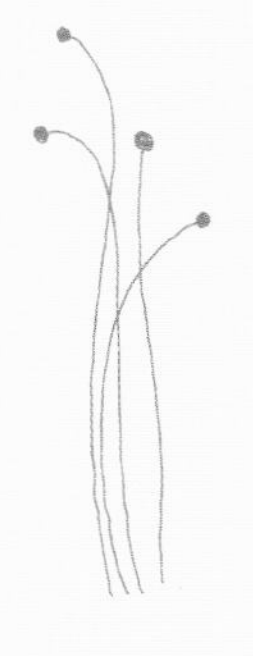

"이때껏 나가서 뭘 했어. 지난봄에 늙은 아비가 땅 얻어 붙이느라고 가진 애 다 쓰던 것을 네 눈으로도 보았지? 그런데 너까지 말썽일 게 뭐냐. 어서 가지 빌지 못하겠어?"

아버지는 담뱃대 끝으로 바우의 수그린 머리를 찌를 듯 겨

눈다. 바우는 슬금슬금 피할 뿐, 조금도 걸음을 옮기려 하지 않는다.

"그래도 네 고집만 부릴 테냐. 그럴려거든 아주 나가거라. 아주 나가."

하고, 아버지는 빗자루를 들고 나섰다. 그때 어머니가 방에서 나와 그걸 빼앗아 던져 버리고,

"가서 빌기만 허면 뭘 하우. 나빌 잡아 가야지. 그리고 지금은 어두워서 잡겠수? 내일 잡아 가라지."

그리고 어머니는 바우의 등을 밀며,

"어서 올라가 저녁이나 먹어라."

최초의 신체시를 쓴 최남선

호가 육당인 최남선은 1890년에 태어났으며 잡지 〈소년〉, 〈샛별〉 등을 간행했고 최초의 신체시인 「해에게서 소년에게」를 발표하기도 했어요. 신체시는 주요한의 「불놀이」처럼 자유로운 시 형식이 나오기 이전에 서양과 일본의 영향을 받아 전통의 시에서 벗어났던 과도기의 시 형식이에요. 이렇듯 최남선은 우리 근대 문학 초창기에 선구적인 활동을 많이 하였지만 후에 일제 침략을 미화하고 선전하는 친일 활동을 하여 비난도 받았어요.

하지만 아버지는 여전히 못마땅한 눈으로 흘겨보며,

"저런 놈 저녁은 먹여 뭘 해. 아주 내쫓으라니깐, 그래."

하고, 자기가 먼저 문밖으로 나간다.

어머니는 그 아버지가 들어오기 전에 어서 저녁을 먹으라고 권한다. 그러나 바우는 서 있는 자리에 그대로 고개를 숙인 채, 어머니가 달랠수록 더 짜증만 낸다. 한종일 아버지 어머니에게 애매한 미움을 받고, 그림책을 찢기운 그 억울한 심

정이 가슴속에 벅차 다른 무엇이 들어갈 여지가 없었다.

이튿날 아침이다. 건넛방 모퉁이에서 바우는 아버지와 얼굴이 마주쳤다. 아버지는 어제와 다름없는 그 얼굴과 그 음성으로 부엌에서 아침을 짓는 어머니를 향해 소리쳤다.

"오늘도 저놈이 제 고집만 세우고 나비를 잡아 가지 않거든, 밥 주지 말어."

그리고 바우를 향해서는,

"오늘은 나비를 잡아 가지고 가 봐야지. 그러지 않으려거든 영 집에 들어올 생각 말어라."

아버지가 보이지 않자, 어머니는 부엌에서 나와 작은 음성으로 바우를 달랬다.

"아버지 속상하시게 하지 말고, 오늘은 나비를 잡아 가지고 가 봐라. 땅이 떨어지거나 하면 너는 좋겠니? 생각해 봐라."

바우는 여전히 말이 없다. 어머니는 그것을 바우가 순종하는 뜻으로 여기고 부엌에서 아침을 차리기에 분주하였다.

"얼른 밥 차려 줄게, 먹고 나가 봐."

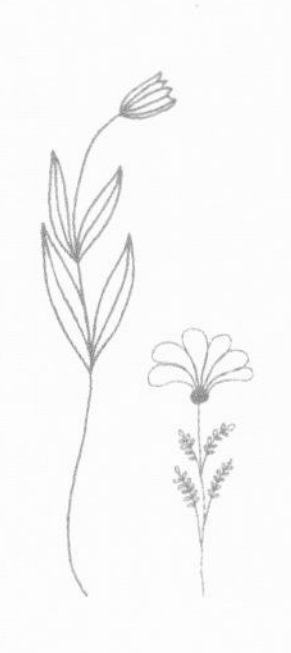

그러나 바우는 어머니가 밥상을 날라 오기 전에 자기가 먼저 슬며시 집 밖으로 나갔다. 밥을 열 끼를 굶는 한이 있더라

도 경환이 앞에 나비를 잡아 가지고 가서 머리를 숙이기는 무엇보다 싫었다. 아들의 그만한 체면쯤 보아줄 줄 모르고 자기네 요구만 고집하는 아버지가 그리고 어머니까지 바우는 무척 야속했다.

바우는 동구 밖 아랫마을로 가는 길가 축동•, 버드나무 그늘 밑 고개를 숙이고 생각에 잠겨 걷는다. 아침부터 요란스레 매미는 울고, 속상하게 눈에 보이는 것은 여기저기 풀 위로 너풀거리는 나비다.

바우는 그 나비를 피해 가는 듯 문득 걸음을 바꿔 뒷산으로 올라갔다. 거기서 바우는 일상 하던 버릇으로 풀을 베어 널고, 그 위에 벌렁 나둥그러져 하늘을 쳐다본다. 집에서보다 갑절 어버이에게 대한 야속함과 노여움이 사무친다.

'아버지 말대로 정말 집을 나오고 말까? 그러면 아버지도 뉘우칠 때가 있겠지. 그리고 서울 같은 도회로 나가서 어떻게 고학•이라도 해 볼까?'

바우는 정말 그렇게 해 볼 것처럼 벌떡 일어선다. 그리고 산 아래로 내려간다.

산 중턱쯤 이르렀다. 건너다보이는 맞은편 언덕 너머 메밀밭 두덩에 허연 사람의 그림자가 엎드러졌다 일어섰다 하며

축동 … 물을 막기 위하여 크게 쌓은 둑.

고학 … 학비를 스스로 벌어서 고생하며 배움.

「나비를 잡는 아버지」

1946년에 출간한 소설집 『집을 나간 소년』에 수록된 「나비를 잡는 아버지」는 상급 학교에 진학한 소년과 진학하지 못한 소년 사이의 갈등을 그린 작품이에요. 소작인의 아들인 '바우'는 상급 학교에 진학하지 못하고 혼자 그림 공부를 하는데, 마름집의 외아들 '경환'이는 서울로 진학해 방학 때 내려와 곤충채집을 하다 둘은 싸움이 벌어지고 말아요. 여기에는 부잣집 아이인 경환이의 횡포와 폭력이 토속적이고도 사실적으로 그려지고 있어요. 또한 작품의 마지막 결말 부분에서 가난한 민중의 대표라고 할 수 있는 '바우 아버지'의 모습이 매우 생생해 오히려 연민과 안타까움을 불러일으켜요.

무엇을 좇는 모양으로 움직인다.

'흥! 경환이 저놈이 또 나비를 잡는구나.'

하고, 바우는 입가에 업신여기는 웃음을 짓는다. 산을 좀 더 내려와 봤을 때 경환이로 본 그것은 어른이 분명했다.

'흥! 경환이란 놈이 저이 집 머슴을 시켜 나비를 잡게 하는구나.'

그리고 바우는 또 한 번 같은 웃음을 웃는다.

바우는 산을 내려와 맞은편 언덕 위로 올라섰다. 그리고 가까운 거리에서 메밀밭을 내려다보았을 때, 그는 놀라 벌린 입을 다물지 못했다. 경환이 집 머슴으로 본 사람은 남 아닌 바로 아버지였다. 아버지는 농립•을 벗어 들고 나비를 좇아 엎드렸다 일어섰다 하며, 그 똑똑치 못한 걸음으로 밭 두덩을 지척지척 돌고 있다.

바우는 머리를 얻어맞은 듯 멍하니 아래를 바라보고 섰다.

농립 … 여름에 농사일을 할 때 쓰는 모자.

그러다가 갑자기 언덕 모래 비탈을 지르르 미끄러져 빠른 속력으로 달려 내려갔다. 그 순간, 그 아버지가 무척 불쌍하고 정답게 여겨졌고, 그 아버지를 위하여서는 어떠한 어려운 일도 못할 것이 없을 것 같았다. 바우는 울음이 되어 터져 나오려는 마음을 가슴 가득히 참으며 언덕 아래 메밀밭을 향해 소리쳤다.

"아버지!"

"아버지!"

"아버지!"

벙어리 삼룡이

나도향

"새서방님을 내어던지고 새색시를 둘러메었다.
그리고 나는 수리와 같이 바깥사랑 주인영감이 있는 곳으로
뛰어가 그 앞에 내려놓고 손짓과 몸짓을
열 번 스무 번 거푸하며 하소연하였다.
그 이튿날 아침에 삼룡이는 그의 주인 새서방님에게
물푸레로 얼굴을 몹시 얻어맞아서, 한쪽 뺨이
눈을 얼러서 피가 나고 주먹 같이 부었다."

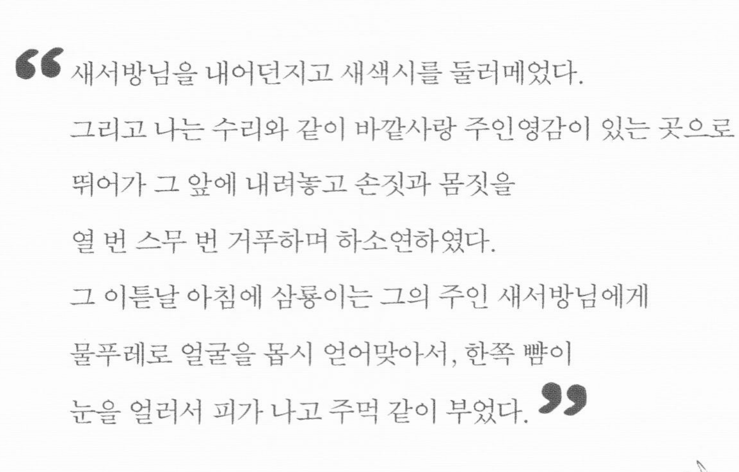

내가 열 살이 될락 말락 한 때니까 지금으로부터 십사오 년 전 일이다. 지금은 그곳을 청엽정이라 부르지마는 그때는 연화봉이라고 이름 하였다. 즉 남대문에서 바로 내려다보면은 오정포가 놓여 있는 산등성이가 있으니, 그 산등성이 이쪽이 연화봉이요, 그 사이에 있는 동네가 역시 연화봉이다.

지금은 그곳에 빈민굴이라고 할 수밖에 없는, 지저분한 촌락이 생기고 노동자들밖에 살지 않는 곳이 되어 버렸으나 그 때에는 자기네 딴은 행세한다는 사람들이 있었다. 집이라고는 십여 호밖에 있지 않았고 그곳에 사는 사람들은 대개 과목밭•을 하거나 또는 채소를 심거나, 그렇지 아니하면 콩나물을 길러서 생활을 하였다.

여기에 그중 큰 과목밭을 갖고 그중 여유 있는 생활을 하여 가는 사람이 하나 있었는데, 그의 이름은 잊어버렸으나 동네 사람들이 부르기를 오 생원이라고 불렀다. 얼굴이 동탕하고• 목소리가 마치 여름에 버드나무에 앉아서 길게 목 늘여 우는 매미 소리 같이 저르렁저르렁하였다.

그는 몹시 부지런한 중년 늙은이로 아침이면 새벽 일찍이

과목밭 … 과수원. 과실나무를 심은 밭.

동탕하다 … 얼굴이 두툼하고 잘생기다.

안타까운 천재, 나도향

나도향은 1922년부터 세상을 떠나기 전까지 5~6년 동안의 짧은 작품 활동을 했어요. 하지만 그 기간 동안 발표한 작품은 20여 편이나 돼요. 또한 그 작품들의 면면을 살펴보면, 처음에는 분명 미숙한 점이 있었지만 시간이 흐르면 흐를수록 작품의 완성도가 높아져 괄목상대할 만큼 뛰어난 실력을 보였어요. 그래서 사람들은 일찍 세상을 떠나지 않았다면 그의 작품은 더욱 각광을 받았을 거라고 말하기도 해요. 당시 김동인은 나도향을 두고 '젊어서 죽은 도향은 가장 촉망되는 소설가였다'고 평가하며 미숙한 가운데에서도 가능성이 보인다고 말하였어요.

일어나서 앞뒤로 뒷짐을 지고 돌아다니며 집안일을 보살피는데, 그 동네에서는 그가 마치 시계와 같아서 그가 일어나는 때가 동네 사람이 일어나는 때였다. 만일 그가 아침에 돌아다니며 잔소리를 하지 않으면, 동네 사람들이 이상히 여겨 그의 집으로 가 보면, 그는 반드시 몸이 불편하여 누워 있었다. 그러나 그와 같은 때는 1년 360일에 한 번 있기가 어려운 일이요, 이태나 3년에 한 번 있거나 말거나 하였다.

그가 이곳으로 이사를 온 지는 얼마 되지 아니하나 그가 언제든지 감투를 쓰고 다니므로 동네 사람들은 그를 양반이라 불렀고, 또 그도 동네 사람에게 그리 인심을 잃지 않으려고 섣달이면 북어쾌나 김톳을 동네 사람에게 나눠 주며 농사 때에 쓰는 연장도 넉넉히 장만한 후 아무 때나 동네 사람들이 쓰게 하므로, 그 동네에서는 가장 인심 후하고 존경을 받는 집인 동시에 세력 있는 집이다.

그 집에는 삼룡이라는 벙어리 하인 하나가 있으니 키가 몹시 크지 못하여 땅딸보이고, 고개가 달라붙어 몸뚱이에 대강이●를 갖다 붙인 것 같다. 거기다가 얼굴이 몹시 얽고 입이 크다. 머리는 전에 새 꼬랑지 같은 것을 주인의 명령으로 깎기는 깎았으나 불밤송이 모양으로 언제든지 푸하여 일어섰다. 그래서 걸어 다니는 것을 보면, 마치 옴두꺼비가 서서 다니는 것 같이 숨차 보이고 더디어 보인다.

동네 사람들이 부르기를 삼룡이라 부르는 법이 없고 언제든지 '벙어리' '벙어리'라고 하든지 그렇지 않으면 '앵모' '앵모' 한다. 그렇지만 삼룡이는 그 소리를 알지 못한다. 그도 이 집 주인이 이사를 올 때에 데리고 왔으니 진실하고 충성스러우며 부지런하고 세차다. 눈치로만 지내 가는 벙어리지마는 말하고 듣는 사람보다 슬기로운 적이 있고 평생 조심성이 있어서 결코 실수한 적이 없다.

아침에 일어나면 마당을 쓸고 소와 돼지의 여물을 먹이며 여름이면 밭에 풀을 뽑고 나무를 실어 들이고 장작을 패며, 겨울이면 눈을 쓸고 잔심부름과 진일 마른일 할 것 없이 못하는 일이 없다. 그럴수록 이 집 주인은 벙어리를 위해 주며 사랑한다. 혹시 몸이 불편한 기색이 있으면 쉬게 하고, 먹고 싶

대강이… '머리'를 속되게 이르는 말.

어 하는 듯한 것은 먹이고, 입을 때 입히고 잘 때 재운다.

그런데 이 집에는 삼대독자•로 내려오는 그 집 아들이 있다. 나이는 열일곱 살이나 아직 열네 살도 되어 보이지 않고, 너무 귀엽게 기르기 때문에 누구에게든지 버릇이 없고 어리광을 부리며 사람에게나 짐승에게나 잔인 포악한 짓을 많이 한다. 동네 사람들은,

"후레자식! 아비 속상하게 할 자식! 저런 자식은 없는 것만 못해!"

하고 욕들을 한다. 그래서 그의 어머니는 아들이 잘못할 때마다 영감을 보고,

"그 자식을 좀 때려 주구려. 왜 그런 것을 보고 가만 두?"

하고 자기가 대신 때려 주려고 나서면,

"아뇨. 아직 철이 없어 그렇지, 저도 지각이 나면 그렇지 않을 것이 아뇨."

하고 너그럽게 타이른다. 그러면 마누라는 왜가리처럼 소리를 지르며,

"철이 없긴 지금 나이가 몇이요, 낼 모레면 스무 살이 되는데, 또 며칠 아니면 장가를 들어서 자식까지 날 것이 그래 가지고 무엇을 한단 말이오."

삼대독자 … 삼대에 걸쳐 형제가 없는 외아들.

하고 들이대며,

"자식은 꼭 아버지가 버려 놓았습니다. 자식 귀여운 것만 알았지 버릇 가르칠 줄은 모르니까……."

이렇게 싸움이 시작만 하려 하면 영감은 아무 말도 하지 않고 바깥으로 나가 버린다.

그 아들은 더구나 벙어리를 사람으로 알지도 않는다. 말 못하는 벙어리라고 오고 가며 주먹으로 허구리를 지르기도 하고 발길로 엉덩이도 찬다. 그러면 그 벙어리는 어린것이 철없이 그러는 것이 도리어 귀엽기도 하고 또는 그 힘없는 팔과 힘없는 다리로 자기의 무쇠 같은 몸을 건드리는 것이 우습기도 하고 앙증하기도 하여 돌아서서 방그레 웃으면서 툭툭 털고 다른 곳으로 몸을 피해 버린다.

어떤 때는 낮잠 자는 벙어리 입에다가 똥을 먹인 때도 있었다. 또 어떤 때는 자는 벙어리의 두 팔과 두 다리를 살며시 동여매고 손가락과 발가락 사이에 화승불•을 놓아 질겁을 하고 일어나다가 발버둥질을 하고 죽으려는 사람처럼 괴로워하는 것을 보고 기뻐하였다. 이러할 때마다 벙어리의 가슴에는 비분한 마음이 꽉 들어찼다. 그러나 그는 주인의 아들을 원망(怨望)•하는 것보다도 자기가 병신인 것을 원망하였으며 주

화승불 … 화약심지에 붙이는 불.

원망 … 못마땅하게 여기어 탓하거나 불평을 품고 미워함.

인의 아들을 저주한다는 것보다도 이 세상을 저주하였다. 그러나 그는 결코 눈물을 흘리지 않았다. 그의 눈물은 나오려 할 때 아주 말라붙어 버린 샘물과 같이 나오려 하나 나오지 아니하였다.

그는 주인의 집을 버릴 줄 모르는 개 모양으로 자기가 있어야 할 곳은 여기밖에 없고 자기가 믿을 것도 여기 있는 사람들밖에 없을 줄 알았다. 여기서 살다가 여기서 죽는 것이 자기의 운명인 줄밖에 알지 못하였다. 자기의 주인 아들이 때리고 지르고 꼬집고 뜯고 모든 방법으로 학대할지라도 그것이 자기에게 으레 있을 줄밖에 알지 못하였다. 아픈 것도 그 아픈 것이 으레 자기에게 돌아올 것이요, 쓰린 것도 자기가 받지 않아서는 안 될 것으로 알았다. 그는 이 마땅히 자기가 받아야 할 것을 어떻게 면할까 하는 생각을 한 번도 하여 본 일이 없었다.

그가 이 집에서 떠나가려거나 또는 그의 생활환경에서 벗어나려는 생각은 한 번도 해 보지 못하였다 할지라도 그는 언제든지 그 주인 아들이 자기를 학대하고 또는 자기를 못살게 굴 때, 그는 자기의 주먹과 또는 자기의 힘을 생각하여 보았다. 주인 아들이 자기를 때릴 때 그는 주인 아들 하나쯤은 넉넉히 제지할 힘이 있는 것을 알았다.

어떠한 때는 아픔과 쓰림이 자기의 몸으로 스미어들 때면 그의 주먹은 떨리면서 어린 주인의 몸을 치려 하다가는 그는 그것을 무서운 고통과 함께 꽉 참았다. 그는 속으로 '아니다. 그는 나의 주인의 아들이다. 그는 나의 어린 주인이다' 하고 꾹 참았다. 그리고는 그것을 얼른 잊어버리었다. 그러다가도 동네 아이들과 혹시 장난을 하다가 주인 아들이 울고 들어올 때는 그는 황소 같이 날뛰면서 주인을 위하여 싸웠다.

그래서 동네에서도 어린애들이나 장난꾼들이 벙어리를 무서워하여 감히 덤비지를 못하였다. 그리고 주인 아들도 위급한 경우에는 언제든지 벙어리를 찾았다. 벙어리는 얻어맞으면서도 기어드는 충견 모양으로 주인의 아들을 위하여 싫어하지 않고 힘을 다하였다.

벙어리가 스물세 살이 될 때까지 그는 물론 이성과 접촉할 기회가 없었다. 동네 처녀들이 저를 '벙어리' '벙어리' 하며 괴상한 손짓과 몸짓으로 놀려먹음을 받을 적에 분하고 골나는 중에도 느긋한 즐거움을 느끼어 본 일은 있었으나, 그가 결코 사랑으로써 어떠한 여자를 대해 본 일은 없었다. 그러나 정욕

을 가진 사람인 벙어리도 그의 피가 차디찰 리는 없었다. 혹 그의 피는 더욱 뜨거웠을는지도 알 수 없었다. 뜨겁다 뜨겁다 못하여 엉기어 버린 엿과 같을지도 알 수 없었다. 만일 그에게 볕을 주거나 다시 뜨거운 열을 준다면 그의 피는 다시 녹을는지도 알 수 없었다.

그가 깜빡깜빡하는 기름등잔 아래에서 밤이 깊도록 짚세기•를 삼을 때면 남모르는 한숨을 아니 쉬는 것도 아니지마는 그는 그것을 곧 억제할 수 있을 만치 정욕에 대하여 벌써부터 단념을 하고 있었다. 마치 언제 폭발이 될는지 알지 못하는 휴화산 모양으로 그의 가슴속에는 충분한 정열을 깊이 감추어 놓았으나 그것이 아직 폭발될 시기가 이르지 못한 것이었다. 비록 폭발이 되려고 무섭게 격동함을 벙어리 자신도 느끼지 않는 바는 아니지마는 그는 그것을 나타낼 수가 없을 만치 외계의 압축을 받았으며, 그것으로 인한 이지가 너무 그에게 자제력•을 강대하게 하여 주는 동시에 또는 너무 그것을 단념만 하게 하여 주었다.

속으로 '나는 벙어리다'라고 생각할 때 그는 몹시 원통함을 느끼는 동시에 말하는 사람들과 똑같은 자유와 똑같은 권리가 없는 줄 알았다. 그는 이와 같은 생각에서 언제든지 단념

짚세기 … '짚신'의 사투리.

자제력 … 자기의 감정이나 욕망을 스스로 억눌러 그치게 하는 힘.

않으려야 단념하지 않을 수 없는, 그 단념이 쌓이고 쌓이어 지금에는 다만 한 개의 기계와 같이 이 집의 노예가 되어 있으면서도 그것을 자기의 천직●으로 알고 있을 뿐이요, 다시는 자기가 살아갈 세상이 없는 것 같이 밖에 알지 못하게 되었다.

그해 가을이다. 주인의 아들이 장가를 들었다. 색시는 신랑보다 두 살 위인 열아홉 살이다. 주인이 본시 자기가 언제든지 문벌●이 얕은 것을 한탄하여 신부를 구할 때에 첫째 조건이 문벌이 높아야 할 것이었다. 그러나 문벌 있는 집에서는 그리 쉽게 색시를 내놓을 리가 없었다. 그러므로 하는 수 없이 그 어떠한 영락한 양반의 딸을 돈을 주고 사오다시피 하였으니 무남독녀● 딸을 둔 남촌 어느 과부를 꿀을 발라서 약혼을 하고 혹시나 무슨 딴소리가 있을까 하여 부랴부랴 성례식을 시켜 버렸다. 혼인할 때의 비용도 그때 돈으로 삼만 냥을 썼다. 그리고 아들의 처갓집에 며느리 뒤 보아 주는 바느질삯, 빨래삯이라는 명목으로 한 달에 이천오백 냥씩을 대어 주었다.

신부는 자기 아버지가 돌아가기 전까지만 해도 상당히 견

천직 … 타고난 직업이나 직분.

문벌 … 대대로 내려오는 그 집안의 사회적 신분이나 지위.

무남독녀 … 아들이 없는 집안의 외동딸.

디기도 하고 또는 금지옥엽● 같이 기른 터이라 구식 가정에서 배울 것 읽힐 것은 못한 것이 없고 게다가 본래 인물이라든지 행동거지에 조금도 구김이 있지 아니하다. 신부가 오자 신랑이 흠절●이 생기기 시작하였다.

"신부에게다 대면 두루미와 까마귀지." "아직도 철딱서니가 없어." "색시에게 쥐여 지내겠지." "신랑에게는 과하지."

동네 말 좋아하는 여편네들이 모여 앉으면 이렇게 비평들을 한다. 어떠한 남의 걱정 잘하는 마누라님은 간혹 신랑을 보고는 그대로 세워 놓고,

"글쎄, 인제는 어른이 되었으니 셈이 좀 나요, 저리구 어떻게 색시를 거느려 가누. 색시 방에 들어가기가 부끄럽지 않담."

하고 들이대다시피 하는 일이 있다. 이럴 적마다 신랑의 마음은 그 말하는 이들이 미웠다. 일부러 자기를 부끄럽게 하려고 하는 것 같아서 그 후에 그를 만나면 말도 안하고 인사도 하지 아니한다. 또 그의 고모 되는 이가 와서 자기 조카를 보고,

"인제는 어른이야. 너도 그만하면 지각이 날 때가 되지 않았니. 네 처가 부끄럽지 아니하냐."

하고 타이를 적마다 그의 마음은 그 말하는 사람이 부끄럽

금지옥엽 … 귀한 자손을 이르는 말.

흠절 … 부족하거나 잘못된 점.

다는 것보다 자기를 이렇게 하게 한 자기 아내가 더욱 밉살머리스러웠다●.

"여편네가 다 무엇이냐? 저 빌어먹을 년이 들어오더니 나를 이렇게 못살게 굴지."

혼인한 지 며칠이 못 되어 그는 색시 방에 들어가지를 않았다. 집안에서는 야단이 났다. 마치 돼지나 말 새끼를 혼례시키려는 것 같이 신랑을 색시 방으로 집어넣으려 하나 막무가내였다. 그럴 때마다 신랑은 손에 닥치는 대로 집어 때려서 자기의 외사촌 누이의 이마를 뚫어서 피까지 나게 한 일이 있었다. 집안 식구들은 하는 수가 없어 맨 나중으로 아버지에게 밀었다. 그러나 그것도 소용이 없을 뿐더러 풍파를 더 일으키게 하였다. 아버지께 꾸중을 듣고 들어와서는 다짜고짜로 신부의 머리채를 쥐어 잡아 마루 한복판에 태질●을 쳤다. 그리고는,

"이년, 네 집으로 가거라. 보기 싫다. 내 눈앞에서 보이지도 마라."

하였다. 밥상을 가져오면 그 밥상이 마당 한복판에서 재주를 넘고, 옷을 가져오면 그 옷이 쓰레기통으로 나간다. 이리하여 색시는 시집오던 날부터 팔자 한탄을 하고서 날마다 밤

밉살머리스럽다 … '밉살스럽다'를 속되게 이르는 말.

태질 … 세게 메어치거나 내던지는 일.

마다 우는 사람이 되었다. 울면은 요사스럽다고 때린다. 또 말이 없으면 빙충맞다고 친다.

이리하여 그 집에는 평화스러운 날이 하루도 없었다. 이것을 날마다 보는 사람 가운데 알 수 없는 의혹을 품게 된 사람이 하나 있으니 그는 곧 벙어리 삼룡이었다. 그렇게 예쁘고 유순하고 그렇게 얌전한, 벙어리의 눈으로 보아서는 감히 손도 대지 못할 만치 선녀 같은 색시를 때리는 것은 자기의 생각으로는 도저히 풀 수 없는 의심이다. 보기에는 황홀하고 건드리기도 황홀할 만치 숭고한 여자를 그렇게 하대한다는 것은 너무나 세상에 있지 못할 일이다. 자기는 주인 새서방에게 개나 돼지 같이 얻어맞는 것이 마땅한 이상으로 마땅하지마는 선녀와 짐승의 차가 있는 색시와 자기가 똑같이 얻어맞는 것은 너무 무서운 일이다. 어린 주인이 천벌이나 받지 않을까 두렵기까지 하였다.

어떠한 달밤, 사면은 고요적막하고 별들은 드문드문 눈들만 깜박이며 반달이 공중에 뚜렷이 달려 있어 수은으로 세상을 깨끗하게 닦아낸 듯이 청명한데, 삼룡이는 검둥개 등을 쓰다듬으며 바깥마당 멍석 위에 비슷이 드러누워 하늘을 쳐다보며 생각하여 보았다.

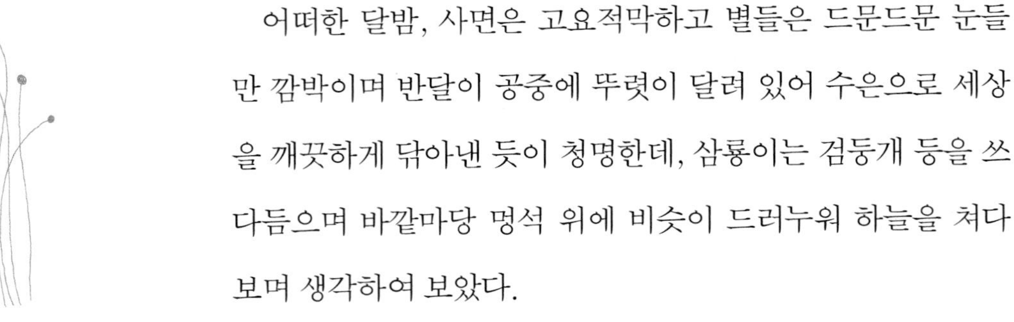

주인 색시를 생각하면 공중에 있는 달보다도 더 곱고 별들보다도 더 깨끗하였다. 주인 색시를 생각하면 달이 보이고 별이 보이었다. 삼라만상을 씻어 내는 은빛보다도 더 흰 달이나 별의 광채보다도 그의 마음이 아름답고 부드러운 듯하였다. 마치 달이나 별이 땅에 떨어져 주인 새아씨가 된 것도 같고, 주인 새아씨가 하늘에 올라가면 달이 되고 별이 될 것 같았다. 더구나 자기를 어린 주인이 때리고 꼬집을 때 감히 입 벌려 말은 하지 못하나 측은하고 불쌍히 여기는 정이 그의 두 눈에 나타나는 것을 다시 생각할 때 그는 부들부들한 개 등을 어루만지면서 감격을 느끼었다. 개는 꼬리를 치며 자기를 귀여워하는 줄 알고 벙어리의 손을 핥았다.

삼룡이의 마음은 주인 새아씨를 동정하는 마음으로 가득 찼다. 또는 그를

김정한의 「사하촌」

「벙어리 삼룡이」의 주인공은 바로 '삼룡이'로, 작품 전체는 그에 대한 이야기를 하고 있어요. 반면 우리 현대 소설 중에는 다수를 주인공으로 내세운 작품이 있어요. 일제 강점기 현실을 소설로 그려 내어 일제에 의해 '민중을 선동하는 요주의 작가'로 지목되었던 김정한의 「사하촌」이에요. 「사하촌」은 일제 강점기의 대표적인 농민 소설로 친일 세력인 '보광사'의 논을 소작하는 사하촌 사람들의 수난을 그렸어요. 사하촌 사람들은 일제와 친일 승려들에게 학대와 착취에 시달리고, 가뭄에도 소작료를 내게 하는 등 무자비한 횡포를 겪어요. 그러면서 이들은 점차 하나의 공동체로서 연대 의식을 키워 가게 돼요. 주인공이 한 명이 아닌 마을 주민들 여러 명이라는 점은 바로 이 공동체적 삶을 표현하고자 한 거예요.

위하여서는 자기의 목숨이라도 아끼지 않겠다는 의분에 넘치었다. 그것이 마치 살구를 보면 입속에 침이 도는 것 같이 본능적으로 느끼어지는 감정이었다.

새댁이 온 뒤에 다른 사람들은 자유로운 안 출입을 금하였으나 벙어리는 마치 개가 맘대로 안에 출입할 수 있는 것 같이 아무 의심 없이 출입할 수가 있었다. 하루는 어린 주인이 먹지 않던 술이 잔뜩 취하여 무지한 놈에게 맞아서 길에 자빠진 것을 업어다가 안으로 들여다 눕힌 일이 있었다. 그때에 아무도 안에 있지 않고 다만 새색시 혼자 방에서 바느질을 하고 있다가 이 꼴을 보고 벙어리의 충성된 마음이 고마워서, 그 후에 쓰던 비단 헝겊 조각으로 부지쌈지 하나를 만들어 준 일이 있었다. 이것이 새서방님의 눈에 띄었다. 그래서 색시는 어떤 날 밤 자던 몸으로 마당 복판에 머리를 푼 채 내동댕이가 쳐졌다. 그리고 온몸에 피가 맺히도록 얻어맞았다.

이것을 본 벙어리는 또다시 의분•의 마음이 뻗쳐 올라왔다. 그래서 미친 사자와 같이 뛰어 들어가 새서방님을 내어던지고 새색시를 둘러메었다. 그리고 나는 수리와 같이 바깥사랑 주인영감이 있는 곳으로 뛰어가 그 앞에 내려놓고 손짓과 몸짓을 열 번 스무 번 거푸하며 하소연하였다.

의분 … 불의에 대하여 일으키는 분노.

그 이튿날 아침에 삼룡이는 그의 주인 새서방님에게 물푸레•로 얼굴을 몹시 얻어맞아서, 한쪽 뺨이 눈을 얼러서 피가 나고 주먹 같이 부었다. 그 때릴 적에 새서방 입에서 나오는 말은,

"이 흉측한 벙어리 같으니, 내 여편네를 건드려!"

하고 부지쌈지를 빼앗아 갈가리 찢어서 뒷간에 던졌다.

"그러고 이놈아! 인제는 주인도 몰라보고 막 친다! 이런 것은 죽어야 해."

하고 채찍으로 그의 뒷덜미를 갈겨서 그 자리에 쓰러지게 하였다. 벙어리는 다만 두 손으로 빌 뿐이었다. 말도 못 하고 고개를 몇백 번, 코가 땅에 닿도록 그저 용서해 달라고 빌기만 하였다. 그러나 그의 가슴에는 비로소 숨어 있던 정의감이 머리를 들기 시작하였다. 그는 그 아픈 것을 참아 가면서도 북받치는 분노를 억제하였다.

그때부터 벙어리는 안방에 들어가지 못하였다. 이 들어가지 못하는 것이 더욱 벙어리로 하여금 궁금증이 나게 하였다. 그 궁금증이라는 것이 묘하게 빛이 변하여 주인아씨를 뵈옵고 싶은 감정으로 변하였다. 뵈옵지 못하므로 가슴이 타올랐다. 몹시 애상의 정서가 그의 가슴을 저리게 하였다. 한 번이

물푸레 … 물푸레나무.

라도 아씨를 뵈올 수가 있으면 하는 마음이 나더니 그의 마음의 넋은 느끼기를 시작하였다.

'센티멘털●'한 가운데에서 느끼는 그 무슨 정서는 그에게 생명 같은 희열을 주었다. 그것과 자기의 목숨이라도 바꿀 수 있을 것 같았다. 어떤 때는 그대로 대강이로 담을 뚫고 들어가고 싶도록 주인아씨를 뵈옵고 싶은 것을 꾹 참을 때도 있었다.

그 후부터는 밥을 잘 먹을 수가 없었다. 일도 손에 잡히지 않았다. 틈만 있으면 안으로만 들어가고 싶었다. 주인이 전보다 많이 밥과 음식을 주고 더 편하게 하여 주었으나 그것이 싫었다. 그는 밤에 잠을 자지 않고 집 가장자리로 돌아다녔다.

하루는 주인 새서방님이 술에 취하여 들어오더니 집안이 수선수선하여지며 계집 하인이 약을 사러 갔다 들어오는 것을 보고 그 계집 하인을 붙잡았다. 그리고 무엇이냐고 물었다. 계집 하인은 한 주먹을 뒤통수에 대고 얼굴을 찖다고 하는 뜻으로 쓰다듬으며 둘째손가락을 내밀었다. 그것은 그 집 주인은 엄지손가락이요, 둘째손가락은 새서방님이라는 뜻이요, 주먹을 뒤통수에 대이는 것은 여편네라는 뜻이요, 얼굴

센티멘털 … 감상적이거나 감정적인 특성.

을 문지르는 것은 예쁘다는 뜻으로 벙어리에게 쓰는 암호다. 그런 뒤에 다시 혀를 내밀고 눈을 뒤집어쓰는 형상을 하고 두 팔을 싹 벌리고 뒤로 자빠지는 꼴을 보이니 그것은 사람이 죽게 되었거나 앓을 적에 하는 말 대신의 손짓이다.

벙어리는 눈을 크게 뜨고 계집 하인에게 한 발짝 가까이 들어서며 놀라는 듯이 멀거니 한참이나 있었다. 그의 가슴은 무섭게 격동하였다. 자기의 그리운 주인아씨가 죽었다는 말이 아닌가. 그는 두 주먹을 마주치며 한숨을 쉬었다. 그리고는 자기 방에서 무엇을 생각하는 것처럼 두어 시간이나 두 눈만 껌벅껌벅하고 앉았었다.

그는 밤이 깊어갈수록 궁금증 나는 사람처럼 일어섰다 앉았다 하더니 두 시나 되어서 바깥으로 나가서 뒤로 돌

'삼룡이'와 '주인아씨'

「벙어리 삼룡이」의 주요 등장인물에는 벙어리 하인인 '삼룡이'와 '삼룡이'를 부리는 주인인 '오 생원', 오 생원의 삼대 독자인 '새서방', '새서방'에게 시집온 '주인아씨'가 있어요. 그런데 왜 하필이면 신체가 온전하지 않은 '삼룡이'를 주인공으로 내세웠을까요? 여기에는 작가의 의도가 숨겨져 있어요. '삼룡이'는 불구자임에도 순결한 영혼을 가진 인물이라는 것을 강조하기 위해서예요. 여기에 '삼룡이'가 연모하는 상대인 '주인아씨'는 결코 '삼룡이'가 넘볼 수 없는 사람이라는 것도 부각시켜 줘요. 한편, '주인아씨'는 그런 '삼룡이'를 가엾게 여기면서도 친근함을 표시해요. 이것은 '삼룡이'처럼 '주인아씨' 자신도 '새서방'에게 괴롭힘을 당하는 처지이기 때문에 동질감을 느꼈기 때문이에요. '삼룡이'와 '주인아씨'는 「벙어리 삼룡이」를 이끌어 가는 대표 등장인물이라고 할 수 있어요.

아갔다.

그는 도둑놈처럼 조심스럽게 바로 건넌방 뒤 미닫이 앞 담에 서서 주저주저하더니 담을 넘었다. 가까이 창 앞에 서서 문틈으로 안을 살피다가 그는 진저리를 치며 뒤로 물러섰다. 어두운 밤에 그의 손과 발이 마치 그 뒤에 서 있는 감나무 잎같이 떨리더니 그대로 문을 박차고 뛰어 들어갔을 때 그의 팔에는 주인아씨가 한 손에 기다란 명주 수건을 들고서 한 팔로 벙어리의 가슴을 밀치며 뻗디디었다. 벙어리는 다만 눈이 뚱그래서 '에헤' 소리만 지르고 그 수건을 뺏으려 애쓸 뿐이다. 집안이 야단났다.

"집안이 망했군!" "어디 사내가 없어서 벙어리를!" "어떻든 알 수 없는 일이야!"

하는 소리가 이 구석 저 구석에서 수군댄다.

그 이튿날 아침에 벙어리는 온몸이 짓이긴 것이 되어 마당에 거꾸러져 입에서 피를 토하며 신음하고 있었다. 그 곁에서는 새서방이 쇠줄 몽둥이를 들고서 문초•를 한다.

"이놈!"

하고는 음란한 흉내는 모조리 하여 가며 건넌방을 가리킨

문초 … 죄나 잘못을 따져 묻거나 심문함.

다. 그러나 벙어리는 손을 내저을 뿐이다. 또 몽둥이에서는 살점이 묻어나왔다. 그리고 피가 흘렀다. 벙어리는 타들어가는 목으로 소리도 못 내며 고개만 내젓는다. 그는 피를 토하며 거꾸러지며 이마를 땅에 비비며 고개를 내흔든다. 땅에는 피가 스며든다. 새서방은 채찍 끝에 납 뭉치를 달아서 가슴을 훔쳐 갈겼다가 힘껏 잡아 뽑았다. 벙어리는 그대로 거꾸러지며 말이 없었다. 새서방은 그래도 시원치 못하였다. 그는 어제 벙어리가 새로 갈아 놓은 낫을 들고 달려왔다. 그는 그 시퍼렇게 날 선 낫을 번쩍 들었다. 그래서 벙어리를 찌르려 할 제 벙어리는 한 팔로 그것을 받았고, 집안사람은 달려들었다. 벙어리는 낫을 뿌리쳐 저리로 내던졌다. 주인은 집안이 망하였다고 사랑에 누워서 모든 일을 들은 체 만 체 문을 닫고 나오지를 아니 하며, 집안에서는 색시를 쫓는다고 야단이다.

성격이 바뀌는 인물, 바뀌지 않는 인물

소설 속 등장인물은 여러 가지 기준을 두고 나누어 볼 수 있어요. 그중 등장인물의 성격이 바뀌느냐, 바뀌지 않느냐를 두고 나누기도 해요. 「벙어리 삼룡이」에서 주인공 '삼룡이'는 진실하고 충성스러운 하인으로 매우 순종적이고 소극적인 인물이었어요. 하지만 자신의 사랑을 표현하기 위해 끝내 불까지 지르는 적극적인 모습을 보여요. 반면 '주인 아들'은 처음부터 끝까지 버릇없고 고약한 성격으로 '삼룡이'를 괴롭히는 인물이에요. 이렇게 '삼룡이'처럼 환경이나 상황 등의 변화로 성격이 바뀌는 인물을 '입체적 인물'이라고 하고, '주인 아들'처럼 성격이 변하지 않는 인물을 '평면적 인물'이라고 해요.

그날 저녁에 벙어리는 다시 끌려 나왔다. 그때에는 주인 새서방이 그의 입던 옷과 신을 주며 눈을 부릅뜨고 손을 멀리 가리키며,

"가! 인제는 우리 집에 있지 못한다."

하였다. 이 소리를 들은 벙어리는 기가 막혔다. 그에게는 이 집 외에 다른 집이 없다. 살 곳이 없었다. 자기는 언제든지 이 집에서 살고 이 집에서 죽을 줄밖에 몰랐다. 그는 새서방님의 다리를 껴안고 애걸하였다. 말도 못하는 것을 몸짓과 표정으로 간곡한 뜻을 표하였다. 그러나 새서방님은 발길로 지르고 사람을 불렀다.

"이놈을 좀 내쫓아라."

벙어리는 죽은 개 모양으로 끌려 나갔다. 그리고 대갈빼기• 를 개천 구석에 들이박히면서 나가 곤드라졌다가 일어서서 다시 들어오려 할 때에는 벌서 문이 닫혀 있었다. 그는 문을 두드렸다. 그의 마음으로는 주인 영감을 찾았으나 부를 수가 없었다. 그가 날마다 열고 날마다 닫던 문이 지금은 자기가 열려 하나 자기를 내어 쫓고 열리지를 않는다. 자기가 건사•하고 자기가 거두던 모든 것이 오늘에는 자기의 말을 듣지 않는다. 어려서부터 지금까지 모든 정성과 힘과 뜻을 다해 충성스

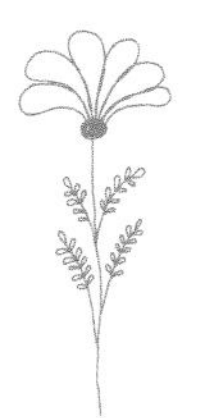

대갈빼기 … '머리'를 속되게 이르는 말.

건사 … 제게 딸린 것을 잘 보살피고 돌봄.

럽게 일한 값이 오늘에는 이것이다.

그는 비로소 믿고 바라던 모든 것이 자기의 원수란 것을 알았다. 그는 그 모든 것을 없애 버리고 자기도 또한 없어지는 것이 나은 것을 알았다.

그날 저녁 밤은 깊었는데 멀리서 닭이 우는 소리와 함께 개 짖는 소리만이 들린다. 난데없는 화염이 벙어리 있던 오 생원 집을 에워쌌다. 그 불을 미리 놓으려고 준비하여 놓았는지 집 가장자리로 쭉 돌아가며 흩어 놓은 풀에 모조리 돌라붙어 공중에서 내려다보면은 집의 윤곽이 선명하게 보일 듯이 타오른다.

「벙어리 삼룡이」

1925년 〈여명〉에 발표된 단편 소설 「벙어리 삼룡이」는 한국 근대 문학 사상 가장 우수한 단편 중 하나로 평가받고 있어요. 하인이자 벙어리라는 신분적, 육체적 결함을 가진 '삼룡이'가 자신의 애정을 표현하지 못하다가 끝내는 자아를 발견하는 비극적인 인물의 삶의 한 단면을 그리고 있어요. 상전의 아씨에게 품은 애정은 돈과 신분의 한계에 부딪쳐 마음속에 갈등을 일으키게 되고 결국 반항으로 이어지게 돼요. 그리고 이 모든 분노와 저항, 사랑의 정열은 '불'로 표현되고 있어요. 이 작품은 바보 같은 겉모습 안에 숨겨진 인간다움과 순박함 그리고 그 안에서 나온 진실한 애정을 말하고 있어요.

불은 마치 피 묻은 살을 맛있게 잘라 먹는 요마의 혓바닥처럼 날름날름 집 한 채를 삽시간에 먹어 버리었다.

이와 같은 화염 속으로 뛰어 들어가는 사람이 하나 있으니 그는 다른 사람이 아니라 낮에 이 집을 쫓겨난 삼룡이다. 그는 먼저 사랑에 가서 문을 깨뜨리고 주인을 업어다가 밭 가운데 놓고 다시 들어가려 할 제 얼굴과 등과 다리가 불에 데이어 쭈그러져드는 것을 알지 못하였다.

그는 건넌방으로 뛰어들었다. 그러나 색시는 없었다. 다시 안방으로 뛰어들었다. 그러나 또 없고 새서방이 그의 팔에 매달리어 구원하기를 애원하였다. 그러나 그는 그것을 뿌리쳤다. 다시 서까래•가 불이 시뻘겋게 타면서 그의 머리에 떨어졌다. 그러나 그는 그것을 몰랐다. 부엌으로 가 보았다. 거기서 나오다가 문설주•가 떨어지며 왼팔이 부러졌다. 그러나 그것도 몰랐다. 그는 다시 광으로 가 보았다. 거기도 없었다. 그는 다시 건넌방으로 들어갔다. 그때에야 그는 색시가 타 죽으려고 이불을 쓰고 누워 있는 것을 보았다. 그는 색시를 안았다. 그리고는 길을 찾았다. 그러나 나갈 곳이 없었다.

그는 하는 수 없이 지붕으로 올라갔다.

그는 비로소 자기의 몸이 자유롭지 못한 것을 알았다. 그러나 그는 자기가 여태까지 맛보지 못한 즐거운 쾌감을 자기의 가슴에 느끼는 것을 알았다. 색시를 자기 가슴에 안았을 때 그는 이제 처음으로 살아난 듯하였다. 그는 자기의 목숨이 다한 줄 알았을 때, 그 색시를 내려놓을 때에는 그는 벌써 목숨

서까래 … 마룻대에서 기둥 위에 건너지르는 나무나 칸과 칸 사이의 두 기둥을 가로지른 나무에 걸쳐 지른 나무.

문설주 … 문짝에 끼워 달기 위하여 문의 양쪽에 세운 기둥.

이 끊어진 뒤였다. 집은 모조리 타고 벙어리는 색시를 무릎에 뉘고 있었다. 그의 울분은 그 불과 함께 사라졌을는지! 평화롭고 행복스러운 웃음이 그의 입 가장자리에 엷게 나타났을 뿐이다.

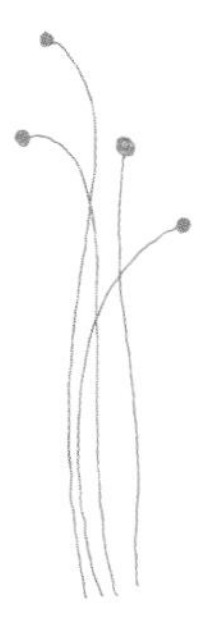

감자

김동인

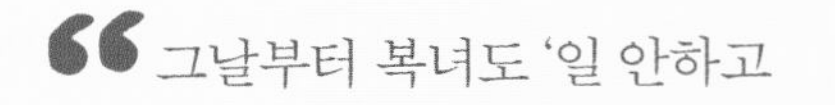

"그날부터 복녀도 '일 안하고
품삯 많이 받는 인부'의 한 사람으로 되었다.
복녀의 도덕관 내지 인생관은 그때부터 변하였다.
그는 아직껏 딴 사내와 관계를 한다는 것을 생각하여 본 일도 없었다.
그것은 사람의 일이 아니요, 짐승의 하는 것쯤으로만 알고 있었다.
혹은 그런 일을 하면 탁 죽어지는지도 모를 일로 알았다."

싸움, 간통●, 살인, 도둑, 구걸, 징역, 이 세상의 모든 비극과 활극●의 근원지인 칠성문 밖 빈민굴로 오기 전까지는, 복녀의 부처는 (사농공상의 제2위에 드는) 농민이었었다.

복녀는 원래 가난은 하나마 정직한 농가에서 규칙 있게 자라난 처녀였었다. 이전 선비의 엄한 규율은 농민으로 떨어지자부터 없어졌다. 하나, 그러나 어딘지는 모르지만 딴 농민보다는 좀 똑똑하고 엄한 가율이 그의 집에 그냥 남아 있었다. 그 가운데서 자라난 복녀는 다른 집 처녀들 같이 여름에는 벌거벗고 개울에서 멱 감고, 바지 바람으로 동리를 돌아다니는 것을 예사로 알기는 알았지만, 그러나 그의 마음속에는 막연하나마 도덕이라는 것에 대한 저픔●을 가지고 있었다.

그는 열다섯 살 나는 해에 동리 홀아비에게 80원에 팔려서 시집이라는 것을 갔다. 그의 새서방(영감이라는 편이 적당할까)이라는 사람은 그보다 20년이나 위로서, 원래 아버지의 시대에는 상당한 농민으로서 밭도 몇 마지기가 있었으나, 그의 대로 내려오면서는 하나둘 줄기 시작하여서, 마지막에 복녀를 산 80원이 그의 마지막 재산이었었다. 그는 극도로 게으

간통 … 결혼하여 배우자가 있는 사람이 배우자가 아닌 사람과 성적 관계를 맺음.

활극 … 격렬한 사건이나 장면을 비유적으로 이르는 말.

저픔 … '두려움'의 옛말.

른 사람이었었다. 동리 노인들의 주선으로 소작 밭깨나 얻어 주면, 종자만 뿌려 둔 뒤에는 후치질•도 안 하고 김도 안 매고 그냥 내버려 두었다가는, 가을에 가서는 되는 대로 거두어 '금년은 흉년이네' 하고 전주• 집에는 가져도 안 가고 자기 혼자 먹어 버리고 하였다. 그러니까 그는 한 밭을 이태를 연하여• 부쳐 본 일이 없었다. 이리하여 몇 해를 지내는 동안 그는 동리에서는 밭을 못 얻을 만큼 인심과 신용을 잃고 말았다.

복녀가 시집을 간 뒤 한 삼사 년은 장인의 덕택으로 이렁저렁 지나갔으나, 이전 선비의 꼬리인 장인도 차차 사위를 밉게 보기 시작하였다. 그들은 처가에까지 신용을 잃게 되었다.

그들 부처는 여러 가지로 의논하다가 할 일 없이 평양 성안으로 막벌이•로 들어왔다. 그러곤 게으른 그에게는 막벌이나마 역시 되지 않았다. 하루 종일 지게를 지고 연광정에 가서 대동강만 내려다보고 있으니 어찌 막벌이인들 될까. 한 서너 달 막벌이를 하다가 그들은 요행 어떤 집 막간(행랑)살이로 들어가게 되었다.

그러나 그 집에서도 얼마 안 하여 쫓겨 나왔다. 복녀는 부지런히 주인집 일을 보았지만, 남편의 게으름은 어찌할 수가 없었다. 매일 복녀는 눈에 칼을 세워 가지고 남편을 채근하였

후치질 … '한쪽으로 몰아붙이는 것' 의 사투리.

전주 … 논밭의 임자.

연하다 … 끊이지 않고 계속 이어지다.

막벌이 … 아무 일이든지 닥치는 대로 해서 돈을 버는 일.

지만, 그의 게으른 버릇은 개를 줄 수는 없었다.

"벳섬 좀 치워 달라우요."

"남 졸음 오는데 님자 치우시관."

"내가 치우나요?"

"20년이나 밥 처먹구 그걸 못 치워?"

"에이구, 칵 죽구나 말디."

"이년, 뭘!"

이러한 싸움이 그치지 않다가 마침내 그 집에서도 쫓겨 나왔다.

이젠 어디로 가나? 그들은 할 일 없이 칠성문 밖 빈민굴로 밀리어 나오게 되었다.

칠성문 밖을 한 부락으로 삼고 그곳에 모여 있는 모든 사람들의 정업은 거러지•요, 부업으로는 도둑질과 (자기네끼리의) 매음, 그 밖에 이 세상의 모든 무섭고 더러운 죄악이었었다. 복녀도 그 정업으로 나섰다.

그러나 열아홉 살의 한창 좋은 나이의 여편네에게 밥인들 잘 줄까.

"젊은 거이 거랑질은 왜."

거러지… '거지'의 사투리.

김동인

김동인은 평양에서 1900년에 태어났고 1919년에 「약한 자의 슬픔」을 발표하면서 작품 활동을 시작하게 되었어요. 그는 주로 단편 소설을 통하여 간결하고 현대적인 문체로 문장 혁신에 공헌했어요. 그리고 1925년대 예술 지상주의를 표방하고 순수 문학 운동을 벌이기도 했고 한때 일제에 의해 출판법 위반 혐의로 징역을 살기도 했어요. 1948년에는 장편 역사 소설 『을지문덕』 등의 집필에 착수하였으나 생활고로 중단하고 6·25전쟁 중에 병으로 세상을 떠났어요. 작품으로는 「감자」 외에 「목수」, 「발가락이 닮았다」 등이 있어요.

그런 소리를 들을 때마다 그는 여러 가지 말로, 남편이 병으로 죽어 가거니 어쩌거니 핑계는 대었지만, 그런 핑계에는 단련된 평양 시민의 동정은 역시 살 수가 없었다. 그들은 이 칠성문 밖에서도 가장 가난한 사람 가운데 든 편이 있었다. 그 가운데서 잘 수입되는 사람은 하루에 5리짜리 돈뿐으로 1원 칠팔십 전의 현금을 쥐고 돌아오는 사람까지 있었다. 극단으로 나가서는 밤에 돈벌이 나갔던 사람은 그날 밤 400여 원을 벌어 가지고 와서 그 근처에서 담배 장사를 시작한 사람까지 있었다.

복녀는 열아홉 살이었다. 얼굴도 그만하면 빤빤하였다. 그 동리 여인들의 보통 하는 일을 본받아서 그도 돈벌이 좀 잘하는 사람의 집에라도 간간 찾아가면 매일 오륙십 전은 벌 수가 있었지만, 선비의 집안에서 자라난 그는 그런 일은 할 수가 없었다.

그들 부처는 역시 가난하게 지냈다. 굶는 일도 흔히 있었다.

기자묘 솔밭에 송충이가 끓었다. 그때 평양'부'에서는 그 송충이를 잡는 데 (은혜를 베푸는 뜻으로) 칠성문 밖 빈민굴의 여인들을 인부로 쓰게 되었다.

빈민굴 여인들은 모두 지원을 하였다. 그러나 뽑힌 것은 겨우 50명쯤이 있었다. 복녀도 그 뽑힌 사람 가운데 한 사람이었었다.

복녀는 열심으로 송충이를 잡았다. 소나무에 사다리를 놓고 올라가서는, 송충이를 집게로 집어서 약물에 잡아넣고 잡아넣고, 그의 통은 잠깐 새에 차고 하였다. 하루에 32전씩의 품삯이 그의 손에 들어왔다.

그러나 대엿새 하는 동안에 그는 이상한 현상을 하나 발견하였다. 그것은 다른 것이 아니라, 젊은 여인부 한 여남은 사람은 언제나 송충이는 안 잡고, 아래서 지절거리•고 웃고 날뛰기만 하고 있는 것이었다. 뿐만 아니라, 그 놀고 있는 인부의 품삯은 일하는 사람의 삯전보다 더 많이 내어 주는 것이다. 감독은 한 사람뿐이었는데 감독도 그들의 놀고 있는 것을 묵인•할 뿐 아니라, 때때로는 자기까지 섞여서 놀고 있었다.

지절거리다 … 낮은 목소리로 자꾸 지껄이다.

묵인 … 모르는 체하고 하려는 대로 내버려 두어 슬며시 인정함.

어떤 날 송충이를 잡다가 점심때가 되어서, 나무에서 내려와 점심을 먹고 나서 올라가려 할 때에 감독이 그를 찾았다.

"복네! 얘 복네!"

"왜 그릅네까?"

그는 약통과 집게를 놓은 뒤에 돌아섰다.

"좀 오너라."

그는 말없이 감독 앞에 갔다.

"얘, 너, 음…… 데 뒤 좀 가 보디 않갔니?"

"뭘 하레요?"

"글쎄, 가야……."

"가디요, 형님."

그는 돌아서면서 인부들 모여 있는 데로 고함쳤다.

"형님두 갑세다가레."

"싫다 얘, 둘이서 재미나게 가는데 내가 무슨 맛에 가갔니?"

복녀는 얼굴이 새빨갛게 되면서 감독에게로 돌아섰다.

"가 보자."

감독은 저편으로 갔다. 복녀는 머리를 수그리고 따라갔다.

"복네 좋갔구나."

뒤에서 이러한 조롱 소리가 들렸다. 복녀의 숙인 얼굴은 더욱 발갛게 되었다.

그날부터 복녀도 '일 안하고 품삯 많이 받는 인부'의 한 사

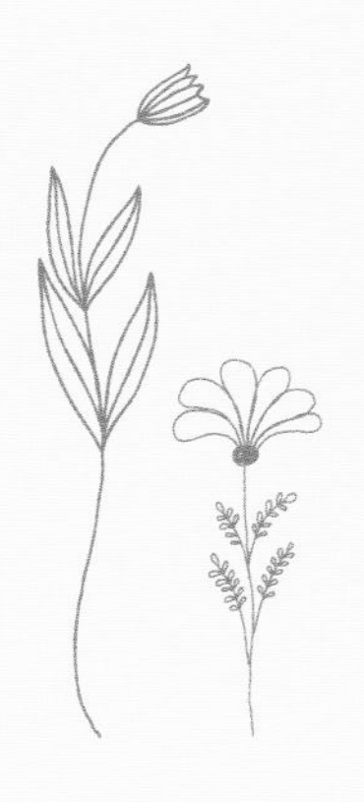

람으로 되었다. 복녀의 도덕관 내지 인생관은 그때부터 변하였다.

그는 아직껏 딴 사내와 관계를 한다는 것을 생각하여 본 일도 없었다. 그것은 사람의 일이 아니요, 짐승의 하는 것쯤으로만 알고 있었다. 혹은 그런 일을 하면 탁 죽어지는지도 모를 일로 알았다.

그러나 이런 이상한 일이 어디 다시 있을까. 사람인 자기도 그런 일을 한 것을 보면, 그것은 결코 사람으로 못할 일이 아니었었다. 게다가 일 안하고도 돈 더 받고, 긴장된 유쾌가 있고, 빌어먹는 것보다 점잖고…….

일본말로 하자면 '삼박자(三拍子)●' 같은 좋은 일은 이것뿐이었었다. 이것이야말로 삶의 비결이 아닐까. 뿐만 아니라, 이 일이 있은 뒤부터 처음으로 한 개 사람이 된 것 같은 자신까지 얻었다.

그 뒤부터는 그의 얼굴에는 조금씩 분도 바르게 되었다.

1년이 지났다.

그의 처세의 비결은 더욱더 순탄히 진척되었다. 그의 부처는 이제는 궁하게 지내지는 않게 되었다.

삼박자 … 어떤 대상에게 있어야 할 세 가지 요소.

그의 남편은 이것이 결국 좋은 일이라는 듯이 아랫목에 누워서 벌신벌신 웃고 있었다.

복녀의 얼굴은 더욱 이뻐졌다.

"여보, 아즈바니, 오늘은 얼마나 벌었소?"

복녀는 돈 좀 많이 번 듯한 거라지•를 보면 이렇게 찾는다.

"오늘은 많이 못 벌었쉐다."

"얼마?"

"도무지 열서너 냥."

"많이 벌었쉐다가레. 한 댓 냥 꿰 주소고레."

"오늘은 내가……."

어쩌고 어쩌고 하면, 복녀는 곧 뛰어가서 그의 팔에 늘어진다.

"나한테 들킨 댐에는 꿔구야 말아요."

"나 원 아즈바니 만나믄 야단이더라. 자 꿰 주디. 그 대신 응? 알아 있디?"

"난 몰라요. 해해해해."

"모르믄, 안 줄 테야."

"글쎄, 알았대두 그른다."

그의 성격은 이만큼까지 진보되었다.

거라지… '거지'의 속어.

가을이 되었다.

칠성문 밖 빈민굴의 여인들은 가을이 되면 칠성문 밖에 있는 중국인의 채마밭[•]에 감자(고구마)며 배추를 도둑질하러 밤에 바구니를 가지고 간다. 복녀도 감자깨나 잘 도둑질하여 왔다.

어떤 날 밤, 그는 고구마를 한 바구니 잘 도둑질하여 가지고 이젠 돌아오려고 일어설 때에 그의 뒤에 시꺼먼 그림자가 서서 그를 꽉 붙들었다. 보니, 그것은 그 밭의 주인인 중국의 왕 서방이었었다. 복녀는 말도 못하고 멀진멀진[•] 밭 아래만 내려다보고 있었다.

자연주의 소설

사실주의의 뒤를 이어 나타난 것이 '자연주의' 문학관이에요. '자연주의'는 사실주의보다 현실의 묘사가 구체적이고 심화된 특징을 가져요. 자연주의적 입장은 인간을 자연 과학자의 눈으로 해부하듯 사회를 분석하고 관찰하고 검토하고 있는 그대로 표현하려고 해요. 또한 인간은 자기 자신이 모든 것을 결정하는 것이 아니라, 외부에서 모두 결정되어 있고 인간은 그에 맞춰 따라간다고 생각해요. 「감자」는 전형적인 자연주의 소설로 환경에 따라 변화하는 한 여인의 모습을 그리고 있어요.

"우리 집에 가."

왕 서방은 이렇게 말하였다.

"가재문 가디. 훤, 것두 못 갈까."

복녀는 엉덩이를 한번 홱 두른 뒤에 머리를 젖히고 바구니를 저으면서 왕 서방을 따라갔다.

한 시간쯤 뒤에 그는 왕 서방의 집에서 나왔다. 그가 밭고랑

채마밭 … 먹을거리나 입을 거리로 심어서 식물을 가꾸는 밭.

멀진멀진 … '멀뚱멀뚱'의 사투리.

에밀 졸라의 『목로주점』

자연주의 소설의 시작을 알린 작품은 프랑스의 작가 에밀 졸라의 『목로주점』이에요. 에밀 졸라는 인간의 욕망과 내면의 의식을 섬세하게 그려 낸 작가로 평가받고 있어요. 그중 『목로주점』은 그의 작품성이 세상의 인정을 받게 하는 데 큰 역할을 한 작품이에요.

『목로주점』은 알코올에 취하는 사회를 비판한 작품이에요. 여주인공 '제르베즈'는 돈을 벌기 위해 애인 '랑체'와 함께 파리로 나오지만, '랑체'는 술만 마시며 게을리 지내다가 '제르베즈'를 떠나 버려요. '제르베즈'는 세탁부로 일하다 '쿠포'라는 사람과 결혼하여 지내지만, '쿠포'는 일하다 다쳐 모아 둔 돈을 모두 병원비로 날려 버리고 술에 찌든 생활을 해요. 그사이 '랑체'는 다시 '제르베즈'를 찾아와 세 사람은 가게를 팔아 술만 마셔 대다 세상을 떠나요.

에서 길로 들어서려 할 때에 문득 뒤에서 누가 그를 찾았다.

"복네 아니야?"

복녀는 홱 돌아서 보았다. 거기는 자기 곁집 여편네가 바구니를 끼고 어두운 밭고랑을 더듬더듬 나오고 있었다.

"형님이댔쉐까? 형님두 들어갔댔쉐까?"

"님자두 들어갔댔나?"

"형님은 뉘 집에?"

"나? 누(陸) 서방네 집에. 님자는?"

"난 왕 서방네…… 형님 얼마 받았소?"

"누 서방네…… 그 깍쟁이놈, 배추 세 페기……."

"난 3원 받았디."

복녀는 자랑스러운 듯이 대답하였다.

십 분쯤 뒤에 그는 자기 남편과, 그 앞에 돈 3원을 내어놓은 뒤에, 아까 그 왕 서방의 이야기를 하면서 웃고 있었다.

그 뒤부터 왕 서방은 무시로 복녀를 찾아왔다.

한참 왕 서방이 눈만 멀진멀진 앉아 있으면, 복녀의 남편은 눈치를 채고 밖으로 나간다. 왕 서방이 돌아간 뒤에는, 그들 부처는 1원 혹은 2원을 가운데 놓고 기뻐하고 하였다.

복녀는 차차 동리 거지들한테 애교를 파는 것을 중지하였다. 왕 서방이 분주하여 못 올 때가 있으면 스스로 왕 서방의 집까지 찾아갈 때도 있었다.

복녀의 부처는 이제 이 빈민굴의 한 부자였었다.

그 겨울도 가고 봄이 이르렀다.

그때 왕 서방은 돈 100원으로 어떤 처녀를 하나 마누라로 사 오게 되었다.

"홍!"

복녀는 다만 코웃음만 쳤다.

"복녀, 강짜•하갔구만."

동리 여편네들이 이런 말을 하면 복녀는 홍 하고 코웃음을 웃고 하였다.

강짜… '질투'를 속되게 이르는 말.

내가 강짜를 해? 그는 늘 힘 있게 부인하고 있었다. 그러나 그의 마음에 생기는 검은 그림자는 어찌할 수가 없었다.

"이놈 왕 서방, 네 두고 보자."

왕 서방이 색시를 데려오는 날이 가까웠다. 왕 서방은 아직껏 자랑하던 기다란 머리를 깎았다. 동시에 그것은 새색시의 의견이라는 소문이 쫙 퍼졌다.

"흥!"

복녀는 역시 코웃음만 쳤다.

마침내 색시가 오는 날이 이르렀다. 칠보단장•에 사인교•를 탄 색시가 칠성문 밖 채마밭 가운데 있는 왕 서방의 집에 이르렀다.

밤이 깊도록 왕 서방의 집에는 중국인들이 모여서 별한• 악기를 뜯으며 별한 곡조로 노래하며 야단하였다.

복녀는 집 모퉁이에 숨어 서서 눈에 살기를 띠고 방 안의 동정을 듣고 있었다.

다른 중국인들은 새벽 두 시쯤 하여 돌아갔다. 그 돌아가는 것을 보면서 복녀는 왕 서방의 집 안에 들어갔다. 복녀의 얼굴에는 분이 하얗게 발리어 있었다.

신랑 신부는 놀라서 그를 쳐다보았다. 그것을 무서운 눈으

칠보단장 … 여러 가지 패물로 몸을 꾸밈.

사인교 … 앞뒤에 각각 두 사람씩 모두 네 사람이 메는 가마.

별하다 … 보통 것과 이상스럽게 다르다.

로 흘겨보면서, 그는 왕 서방에게 가서 팔을 잡고 늘어졌다. 그의 입에서는 이상한 웃음이 흘렀다.

"자, 우리 집으로 가요."

왕 서방은 아무 말도 못하였다. 눈만 정처 없이 두룩두룩하였다. 복녀는 다시 한 번 왕 서방을 흔들었다.

"자, 어서."

"우리, 오늘 밤 일이 있어 못 가."

"일은 밤중에 무슨 일?"

"그래두, 우리 일이……."

복녀의 입에 아직껏 떠돌던 이상한 웃음은 문득 없어졌다.

"이까짓 것."

그는 발을 들어서 치장한 신부의 머리를 찼다.

"자, 가자우 가자우."

왕 서방은 와들와들 떨었다. 왕 서방은 복녀의 손을 뿌리쳤다.

복녀는 쓰러졌다. 그러나 곧 다시 일어섰다. 그가 다시 일

「감자」의 주인공 '복녀'

전영택의 「화수분」과 마찬가지로 「감자」의 주인공 '복녀'의 이름은 반어적인 의미를 담고 있다고 할 수 있어요. '복녀'의 이름은 한자로 복이 있는 여자라는 뜻의 '福女'로 쓸 수 있어요. 하지만 '복녀'의 삶은 이름과 달리 궁핍한 생활로 인해 도덕보다 돈이 더 중요하다고 여기며 불행으로 치달아요. 이와 같이 '복녀'의 이름과 상반되는 삶의 모습을 보여 주는 것은 이름을 통해 주인공의 비극성을 더욱 강하게 보여 주기 위한 의도가 담겨 있다고 할 수 있어요.

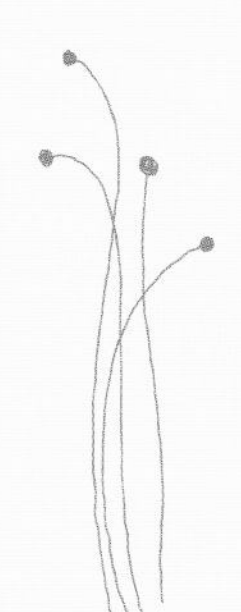

「감자」

1925년 〈조선문단〉에 발표된 단편 소설 「감자」는 가난과 남편의 게으름 때문에 빈민굴까지 흘러든 주인공 '복녀'가 어떻게 타락해 가는가를 보여 주는 작품이에요. '복녀'는 가난하지만 도덕성과 윤리 의식을 가진 처녀였지만 빈민굴로 이사한 후 자신을 둘러싼 상황 때문에 점차 도덕성을 잃고 몸을 팔다가 결국에는 질투로 인해 죽음을 맞이하게 돼요. 「감자」는 환경에 의해 타락하는 인간의 모습이 냉정하고 객관적으로 현장감 있게 표현하고 있어 자연주의 소설의 면모가 잘 드러난 작품이라고 할 수 있어요.

어설 때는, 그의 손에는 얼른얼른하는 낫이 한 자루 들리어 있었다.

"이 되놈, 죽어라, 이놈, 나 때렸디! 이놈아, 아이구, 사람 죽이누나."

그는 목을 놓고 쳐 울면서 낫을 휘둘렀다. 칠성문 밖 외딴 밭 가운데 홀로 서 있는 왕 서방의 집에서는 일장의 활극이 일어났다. 그러나 그 활극도 곧 잠잠하게 되었다. 복녀의 손에 들리어 있던 낫은 어느덧 왕 서방의 손으로 넘어가고, 복녀는 목으로 피를 쏟으면서 그 자리에 고꾸라져 있었다.

복녀의 송장은 사흘이 지나도록 무덤으로 못 갔다. 왕 서방은 몇 번을 복녀의 남편을 찾아갔다. 복녀의 남편도 때때로 왕 서방을 찾아갔다. 둘의 새에는 무슨 교섭하는 일이 있었다. 사흘이 지났다.

밤중 복녀의 시체는 왕 서방의 집에서 남편의 집으로 옮겼다.

그리고 그 시체에는 세 사람이 둘러앉았다. 한 사람은 복녀의 남편, 한 사람은 왕 서방, 또 한 사람은 어떤 한방의사. 왕 서방은 말없이 주머니를 꺼내어, 10원 지폐 석 장을 복녀의 남편에게 주었다. 한방의의 손에도 10원짜리 두 장이 갔다.

이튿날 복녀는 뇌일혈•로 죽었다는 한방의의 진단으로 공동묘지로 가져갔다.

뇌일혈 … 뇌의 동맥이 터져 뇌 속에 혈액이 넘쳐흐르는 상태.

운수 좋은 날

현진건

"1원 50전만 줍시오."

이 말이 저도 모를 사이에 불쑥 김 첨지의 입에서 떨어졌다.

제 입으로 부르고도 스스로 그 엄청난 돈 액수에 놀랐다.

한꺼번에 이런 금액을 불러라도 본 지가 그 얼마 만인가!

그러자 그 돈 벌 용기가 병자에 대한 염려를 사르고 말았다.

설마 오늘 내로 어떠랴 싶었다.

새침하게 흐린 품이 눈이 올 듯하더니 눈은 아니 오고 얼다가 만 비가 추적추적 내리었다.

이날이야말로 동소문 안에서 인력거꾼 노릇을 하는 김 첨지에게는 오래간만에 닥친 운수 좋은 날이었다. 문 안에(거기도 문밖은 아니지만) 들어간답시는 앞집 마나님을 전찻길까지 모셔다 드린 것을 비롯으로 행여나 손님이 있을까 하고 정류장에서 어정어정하며 내리는 사람 하나하나에게 거의 비는 듯한 눈길을 보내고 있다가, 마침내 교원•인 듯한 양복쟁이를 동광학교(東光學校)까지 태워다 주기로 되었다.

첫 번에 삼십 전, 둘째 번에 오십 전—아침 댓바람에 그리 흔치 않은 일이었다. 그야말로 재수가 옴 붙어서 근 열흘 동안 돈 구경도 못한 김 첨지는 10전짜리 백통화 서 푼, 또는 다섯 푼이 찰깍 하고 손바닥에 떨어질 제 거의 눈물을 흘릴 만큼 기뻐했다. 더구나 이날 이때에 이 80전이라는 돈이 그에게 얼마나 유용한지 몰랐다. 컬컬한 목에 모주 한 잔도 적실 수 있거니와 그보다도 앓는 아내에게 설렁탕 한 그릇도 사다 줄 수 있음이다.

교원 … 학교에서 학생을 가르치는 사람을 통틀어 이르는 말.

그의 아내가 기침으로 쿨룩거리기는 벌써 달포[•]가 넘었다. 조밥도 굶기를 먹다시피 하는 형편이니 물론 약 한 첩 써 본 일이 없다. 구태여 쓰려면 못 쓸 바도 아니로되 그는 병이란 놈에게 약을 주어 보내면 재미를 붙여서 자꾸 온다는 자기의 신조에 어디까지 충실하였다. 따라서 의사에게 보인 적이 없으니 무슨 병인지는 알 수 없으되 반듯이 누워 가지고 일어나기는 새로에 모로도 못 눕는 걸 보면 중증은 중증인 듯. 병이 이대도록 심해지기는 열흘 전에 조밥을 먹고 체한 때문이다. 그때도 김 첨지가 오래간만에 돈을 얻어서 좁쌀 한 되와 10전짜리 나무 한 단을 사다 주었더니, 김 첨지의 말에 의지하면 그 오라질 년이 천방지축으로 냄비에 대고 끓였다. 마음은 급하고 불길은 달지 않아 채 익지도 않은 것을 그 오라질 년이 숟가락은 고만두고 손으로 움켜서 두 뺨에 주먹덩이 같은 혹이 불거지도록 누가 빼앗을 듯이 처박질하더니만 그날 저녁부터 가슴이 당긴다, 배가 켕긴다고 눈을 홉뜨고 지랄병을 하였다. 그때, 김 첨지는 열화와 같이 성을 내며,

"에이, 오라질 년, 조랑복[•]은 할 수 없어. 못 먹어 병, 먹어서 병, 어쩌란 말이야! 왜 눈을 바루[•] 뜨지 못해!"

하고 앓는 이의 뺨을 한 번 후려갈겼다. 홉뜬 눈은 조금 바

달포 … 한 달이 조금 넘는 기간.

조랑복 … 지지리 펴지 않는 보잘것없는 복.

바루 … 바로.

루어졌건만 이슬이 맺히었다. 김 첨지의 눈시울도 뜨끈뜨끈하였다.

이 환자가 그러고도 먹는 데는 물리지 않았다. 사흘 전부터 설렁탕 국물이 마시고 싶다고 남편을 졸랐다.

"이런 오라질 년! 조밥도 못 먹는 년이 설렁탕은. 또 처먹고 지랄병을 하게."

라고 야단을 쳐 보았건만, 못 사 주는 마음이 시원치는 않았다.

인제 설렁탕을 사 줄 수도 있다. 앓는 어미 곁에서 배고파 보채는 개똥이(세 살 바기)에게 죽을 사 줄 수도 있다—80전을 손에 쥔 김 첨지의 마음은 푼푼하였다•.

그러나 그의 행운은 그걸로 그치지 않았다. 땀과 빗물이 섞여 흐르는 목덜미를 기름 주머니가 다 된 광목 수건으로 닦으며 그 학교 문을 돌아 나올 때였다. 뒤에서,

"인력거!"

하고 부르는 소리가 난다. 자기를 불러 멈춘 사람이 그 학교 학생인 줄 김 첨지는 한 번 보고 짐작할 수 있었다. 그 학생은 다짜고짜로,

"남대문 정거장까지 얼마요?"

푼푼하다 … 모자람이 없이 넉넉하다. 옹졸하지 않고 시원스러우며 너그럽다.

라고 물었다. 아마도 그 학교 기숙사에 있는 이로 동기 방학을 이용하여 귀향하려 함이리라. 오늘 가기로 작정은 하였건만 비는 오고 짐은 있고 해서 어찌할 줄 모르다가 마침 김 첨지를 보고 뛰어나왔음이리라. 그렇지 않으면 왜 구두를 채 신지 못해서 질질 끌고 비록 '고구라 양복•'일망정 노박이•로 비를 맞으며 김 첨지를 뒤쫓아 나왔으랴.

"남대문 정거장까지 말씀입니까?"

하고 김 첨지는 잠깐 주저하였다. 그는 이 우중•에 우장•도 없이 그 먼 곳을 철벅거리고 가기가 싫었음일까? 처음 것, 둘째 것으로 고만 만족하였음일까? 아니다, 결코 아니다. 이상하게도 꼬리를 맞물고 덤비는 이 행운 앞에 조금 겁이 났음이다. 그리고 집을 나올 제 아내의 부탁이 마음에 켕기었다 —앞집 마나님한테서 부르러 왔을 제 병인은 그 뼈만 남은 얼굴에 유일의 생물 같은 유달리 크고 움푹한 눈에 애걸하는 빛을 띠며,

"오늘은 제발 나가지 말아요. 제발 덕분에 집에 붙어 있어요. 내가 이렇게 아픈데……."

라고 모기 소리같이 중얼거리고 숨을 걸그렁걸그렁하였다. 그때에 김 첨지는 대수롭지 않은 듯이,

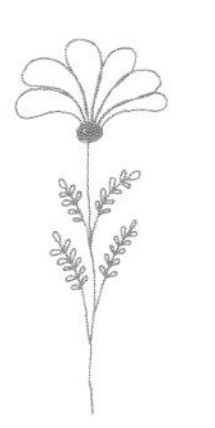

고구라 양복 … 일본 고구라산 무명 옷감 양복.

노박이 … '한곳에 붙박이로 있는 사람' 을 일컫는 사투리.

우중 … 비가 내리는 가운데.

우장 … 비를 맞지 아니하기 위해서 차려 입은 복장.

"아따 젠장맞을 년, 별 빌어먹을 소리를 다 하네. 맞붙들고 앉았으면 누가 먹여 살릴 줄 알아?"

하고 훌쩍 뛰어나오려니까 환자는 붙잡을 듯이 팔을 내저으며,

"나가지 말라도 그래, 그러면 일찍 들어와요."

하고 목 메인 소리가 뒤를 따랐다.

정거장까지 가자는 말을 들은 순간에 경련적으로 떠는 손, 유달리 큼직한 눈, 울 듯한 아내의 얼굴이 김 첨지의 눈앞에 어른어른하였다.

"그래 남대문 정거장까지 얼마란 말이오?"

하고 학생은 초조한 듯이 인력거꾼의 얼굴을 바라보며 혼잣말 같이,

"인천 차가 열한 점에 있고, 그 다음에는 새로 두 점이던가."

라고 중얼거린다.

민족의 현실을 고발한 현진건

현진건은 〈동아일보〉 기자로 일할 당시 일장기 말소 사건으로 일제에 의해 징역을 살고 신문사를 떠났어요. 그는 김동인과 함께 근대 단편 소설을 개척하였다는 평가와 함께, 염상섭과 더불어 사실주의 문학을 개척했다는 평가를 받고 있어요. 다시 말하면 우리나라의 근대 문학의 선구자적 역할을 했던 거예요. 현진건이 사실주의 소설을 대표하게 된 데에는 작품 속에서 그가 보여 주는 사실적인 묘사 때문만은 아니에요. 그보다 당대의 시대 현실과 암담한 우리 민족의 삶을 보여 주기 위해서였어요. 염상섭이 '조선 문학인 다음에야 조선의 땅을 든든히 디디고 서야 할 줄 안다'고 말한 데서도 그가 민족의 고난과 역사를 증언하는 사실주의 소설을 썼다는 것을 알 수 있어요.

"1원 50전만 줍시오."

이 말이 저도 모를 사이에 불쑥 김 첨지의 입에서 떨어졌다. 제 입으로 부르고도 스스로 그 엄청난 돈 액수에 놀랐다. 한꺼번에 이런 금액을 불러라도 본 지가 그 얼마 만인가! 그러자 그 돈 벌 용기가 병자에 대한 염려를 사르고 말았다. 설마 오늘 내로 어떠랴 싶었다. 무슨 일이 있더라도 제1, 제2의 행운을 곱친 것보다도 오히려 갑절이 많은 이 행운을 놓칠 수 없다 하였다.

"1원 50전은 너무 과한데."

이런 말을 하며 학생은 고개를 기웃하였다.

"아니올시다. 잇수로 치면 여기서 저기가 시오 리•가 넘는답니다. 또 이런 진날•엔 좀 더 주셔야지요."

하고 빙글빙글 웃는 차부•의 얼굴에는 숨길 수 없는 기쁨이 넘쳐흘렀다.

"그러면 달라는 대로 줄 터이니 빨리 가요."

관대한 어린 손님은 그런 말을 남기고 총총히 옷도 입고 짐도 챙기러 갈 데로 갔다.

그 학생을 태우고 나선 김 첨지의 다리는 이상하게 가뿐하였다. 달음질을 한다느니보다 거의 나는 듯하였다. 바퀴도 어

시오 리 … 10리에 5리를 더한 거리.

진날 … 땅이 질척거릴 정도로 비나 눈이 오는 날.

차부 … 마차나 우차 따위를 부리는 사람.

떻게 속히 도는지 군다느니보다 마치 얼음을 지쳐나가는 '스케이트' 모양으로 미끄러져 가는 듯하였다. 얼은 땅에 비가 내려 미끄럽기도 하였지만.

이윽고 끄는 이의 다리는 무거워졌다. 자기 집 가까이 다다른 까닭이다. 새삼스러운 염려가 그의 가슴을 눌렀다.

'오늘은 나가지 말아요. 내가 이렇게 아픈데!' 이런 말이 잉잉 그의 귀에 울렸다. 그리고 병자의 움쑥 들어간 눈이 원망하는 듯이 자기를 노리는 듯하였다. 그러자 엉엉 하고 우는 개똥이의 곡성을 들은 듯싶다. 딸국딸국 하고 숨 모으는 소리도 나는 듯싶다.

"왜 이러우, 기차 놓치겠구먼."

하고 탄 이의 초조한 부르짖음이 간신히 그의 귀에 들어왔다.

언뜻 깨달으니 김 첨지는 인력거를 쥔 채 길 한복판에 엉거주춤 멈춰 있지 않은가.

일장기 말소 사건

〈조선중앙일보〉와 〈동아일보〉가 1936년 베를린 올림픽 대회 마라톤에서 일장기를 달고 우승한 손기정 선수의 사진에서 일장기를 지우고 보도하여 일어난 언론 탄압 사건이에요. 이 사건으로 조선 총독부는 〈조선중앙일보〉를 폐간시켰고 〈동아일보〉는 무기 정간시켰어요. 또한 이후 우리말로 된 신문이 폐간되는 계기가 되었어요. 이 사건은 일제의 탄압에 대항·항거하여 우리 민족의 자긍심을 고취시켜 주었다는 데 큰 의의가 있어요.

"예, 예."

하고 김 첨지는 또다시 달음질하였다. 집이 차차 멀어갈수록 김 첨지의 걸음에는 다시금 신이 나기 시작하였다. 다리를 재게 놀려야만 쉴 새 없이 자기의 머리에 떠오르는 모든 근심과 걱정을 잊을 듯이.

정거장까지 끌어다 주고 그 깜짝 놀랄 1원 50전을 정말 제 손에 쥠에, 제 말마따나 10리나 되는 길을 비를 맞아가며 질퍽거리고 온 생각은 아니하고, 거저나 얻은 듯이 고마웠다. 졸부나 된 듯이 기뻤다. 제 자식뻘밖에 안 되는 어린 손님에게 몇 번 허리를 굽히며,

"안녕히 다녀옵시오."

라고 깍듯이 재우쳤다•.

그러나 빈 인력거를 털털거리며 이 우중에 돌아갈 일이 꿈밖이었다. 노동으로 하여 흐른 땀이 식어지자 굶주린 창자에서, 물 흐르는 옷에서 어슬어슬 한기가 솟아나기 비롯하매, 1원 50전이란 돈이 얼마나 괜찮고 괴로운 것인 줄 절절히 느끼었다. 정거장을 떠나는 그의 발길은 힘 하나 없었다. 온몸이 옹송그려지며 당장 그 자리에 엎어져 못 일어날 것 같았다.

"젠장맞을 것! 이 비를 맞으며 빈 인력거를 털털거리고 돌

재우치다 … 빨리 몰아치거나 재촉하다.

아를 간담. 이런 빌어먹을, 제 할미를 붙을 비가 왜 남의 상판을 딱딱 때려!"

그는 몹시 화증을 내며 누구에게 반항이나 하는 듯이 게걸거렸다•. 그럴 즈음에 그의 머리엔 또 새로운 광명이 비쳤나니 그것은

'이러구 갈 게 아니라 이 근처를 빙빙 돌며 차 오기를 기다리면 또 손님을 태우게 될는지도 몰라.'

란 생각이었다. 오늘 운수가 괴상하게도 좋으니까 그런 요행이 또 한 번 없으리라고 누가 보증하랴. 꼬리를 굴리는 행운이 꼭 자기를 기다리고 있다고 내기를 해도 좋을 만한 믿음을 얻게 되었다. 그렇다고 정거장 인력거꾼의 등쌀이 무서우니 정거장 앞에 섰을 수는 없었다. 그래 그는 이전에도 여러 번 해 본 일이라 바로 정거장 앞 전차 정류장에서 조금 떨어지게, 사람 다니는 길과 전찻길 틈에 인력거를 세워 놓고 자기는 그 근처를 빙빙 돌며 형세를 관망하기로 하였다. 얼마 만에 기차는 왔고 수십 명이나 되는 손님이 정류장으로 쏟아져 나왔다. 그중에서 손님을 물색하는 김 첨지의 눈엔 양머리•에 뒤축 높은 구두를 신고 망토까지 두른 기생퇴물•인 듯, 난봉 여학생인 듯한 여편네의 모양이 띄었다. 그는 슬근슬근

게걸거리다 … 상스러운 말로 소리를 지르며 불평스럽게 자꾸 떠들다.

양머리 … 서양식으로 단장한 여자의 머리.

기생퇴물 … 지금은 기생이 아니지만 전에 기생 노릇을 하던 여자를 이르는 말.

그 여자의 곁으로 다가들었다.

"아씨, 인력거 아니 타시랍시오?"

그 여학생인지 뭔지가 한참을 매우 태깔•을 빼면서 입술을 꼭 다문 채 김 첨지를 거들떠보지도 않았다. 김 첨지는 구걸하는 거지나 무엇 같이 연해연방• 그의 기색을 살피며,

"아씨, 정거장 애들보담 아주 싸게 모셔다 드리겠습니다. 댁이 어디신가요?"

하고 추근추근하게도 그 여자의 들고 있는 일본식 버들고리짝•에 제 손을 대었다.

"왜 이래, 남 귀치않게!"

소리를 벽력같이 지르고는 돌아선다. 김 첨지는 어랍시요 하고 물러섰다.

전차가 왔다. 김 첨지는 원망스럽게 전차 타는 이를 노리고 있었다. 그러나 그의 예감은 틀리지 않았다. 전차가 빡빡하게 사람을 싣고 움직이기 시작하였을 제 타고 남은 손• 하나가 있었다. 굉장하게 큰 가방을 들고 있는 걸 보면 아마 붐비는 차 안에 짐이 크다 하여 차장에게 밀려 내려온 눈치였다. 김 첨지는 대어 섰다.

"인력거를 타시랍시오."

태깔 … 교만한 태도.

연해연방 … 끊임없이 잇따라 자꾸.

버들고리짝 … 버들의 가지로 결어 만든 상자. 주로 옷을 넣는 데 쓴다.

손 … 영업하는 장소에 찾아온 사람. 손님.

한동안 값으로 승강이를 하다가 60전에 인사동까지 태워다 주기로 하였다. 인력거가 무거워지매 그의 몸은 이상하게도 가벼워졌고 그리고 또 인력거가 가벼워지니 몸은 다시 무거워졌건만, 이번에는 마음조차 초조해 온다. 집의 광경이 자꾸 눈앞에 어른거리어 인제 요행을 바랄 여유도 없었다. 나무 등걸이나 무엇 같고 제 것 같지도 않은 다리를 연해 꾸짖으며 갈팡질팡 뛰는 수밖에 없었다. 저놈의 인력거꾼이 저렇게 술이 취해 가지고 이 진 땅에 어찌 가노, 라고 길 가는 사람이 걱정을 하리만큼 그의 걸음은 황급하였다. 흐리고 비 오는 하늘은 어두침침하게 벌써 황혼에 가까운 듯하다. 창경원 앞까지 다다라서야 그는 턱에 닿은 숨을 돌리고 걸음도 늦추 잡았다. 한 걸음 두 걸음 집이 가까워 올수록 그의 마음조차 괴상하게 누그러졌다. 그런데 이 누그러움은 안심에서 오는 게 아

사실주의 소설

3·1운동 이후 1920년대의 소설은 근대 소설적인 면모를 갖추기 시작했어요. 계몽주의에서 벗어나 어두운 시대 현실의 모습을 포착하고 우리 민족이 나아갈 길을 모색하였어요. 그러면서 점차 개인과 사회의 관계를 그려 내는 사실주의 소설이 등장하게 되었어요. 사실주의 소설은 김동인으로 시작하여 염상섭, 현진건에 이르러 완성되었다고 볼 수 있어요. 이들은 치밀한 묘사와 인상적인 결말 처리 기법으로 식민지 시대의 궁핍한 사회와 민중의 모습을 예리하게 표현해냈어요. 대표작으로는 「운수 좋은 날」 외에도 염상섭의 「만세전」, 『삼대』, 채만식의 『탁류』, 『태평천하』 등이 있어요.

니요, 자기를 덮친 무서운 불행을 빈틈없이 알게 될 때가 박두한 것을 두리는• 마음에서 오는 것이다.

그는 불행에 닥치기 전 시간을 얼마쯤이라도 늘리려고 버르적거렸다•. 기적에 가까운 벌이를 하였다는 기쁨을 할 수 있으면 오래 지니고 싶었다. 그는 두리번두리번 사면을 살피었다. 그 모양은 마치 자기 집, 곧 불행을 향하여 달아가는 제 다리를 제 힘으로는 도저히 어찌할 수 없으니 누구든지 나를 좀 잡아 다고, 구해 다고 하는 듯하였다.

그럴 즈음에 마침 길가 선술집에서 그의 친구 치삼이가 나온다. 그의 우글우글 살진 얼굴에 주홍이 돋는 듯 온 턱과 뺨을 시커멓게 구레나룻이 덮였거늘, 노르탱탱한 얼굴이 바짝 말라서 여기저기 고랑이 파이고 수염도 있대야 턱밑에만 마치 솔잎 송이를 거꾸로 붙여 놓은 듯한 김 첨지의 풍채하고는 기이한 대상을 짓고 있었다.

"여보게 김 첨지, 자네 문 안에 들어갔다 오는 모양일세그려. 돈 많이 벌었을 테니 한잔 빨리게."

뚱뚱보는 말라깽이를 보던 맡에 부르짖었다. 그 목소리는 몸짓과 딴판으로 연하고 싹싹하였다. 김 첨지는 이 친구를 만난 게 어떻게 반가운지 몰랐다. 자기를 살려 준 은인이나 무

두리다… '두려워하다'의 옛말.

버르적거리다 … 고통스러운 일이나 어려운 고비에서 벗어나려고 팔다리를 내저으며 큰 몸을 자꾸 움직이다.

엇같이 고맙기도 하였다.

"자네는 벌써 한잔한 모양일세그려. 자네도 오늘 재미가 좋아 보이."

하고 김 첨지는 얼굴을 펴서 웃었다.

"아따 재미 안 좋다고 술 못 먹을 낸가. 그런데 여보게, 자네 왼몸이 어째 물독에 빠진 새앙쥐 같은가? 어서 이리 들어와 말리게."

선술집은 훈훈하고 뜨뜻하였다. 추어탕을 끓이는 솥뚜껑을 열 때마다 뭉게뭉게 떠오르는 흰 김, 석쇠에서 뻐지짓뻐지짓 구워지는 너비아니구이며, 제육이며, 간이며, 콩팥이며, 북어며, 빈대떡……. 이 너저분하게 늘어놓은 안주 탁자에 김 첨지는 갑자기 속이 쓰려서 견딜 수가 없었다. 마음대로 할 양이면 거기 있는 모든 먹음먹이를 모조리 깡그리 집어삼켜도 시원치 않았다. 하되 배고픈 이는 우선 분량 많은 빈대떡 두 개를 쪼이기로 하고 추어탕을 한 그릇 청하였다. 주린 창자는 음식 맛을 보더

염상섭과 「표본실의 청개구리」

염상섭은 자연주의 및 사실주의 문학을 보여 준 우리나라 최초의 소설가로 알려져 있어요. 그가 1921년 〈개벽〉에 발표한 첫 작품인 「표본실의 청개구리」는 한국 최초의 자연주의 소설로 평가받고 있어요. 「표본실의 청개구리」는 3·1운동 직후 암울한 식민지 상황에서 무기력한 지식인의 현실을 세밀하게 묘사한 작품이에요. 이 작품이 자연주의 소설로 평가받는 이유는 표본실에서 청개구리를 해부하는 것처럼 인간을 해부하여 그 안에 담긴 어두운 삶의 진실을 드러내기 때문이에요. 염상섭은 1945년 광복 이후에도 꾸준히 활동하여 「두 파산」 등의 작품을 남겼어요.

니 더욱더욱 비어지며 자꾸자꾸 들이라 들이라 하였다. 순식간에 두부와 미꾸리 든 국 한 그릇을 그냥 물 같이 들이켜고 말았다. 셋째 그릇을 받아들었을 제 데우던 막걸리 곱빼기 두 잔이 더 왔다. 치삼이와 같이 마시자 원원이• 비었던 속이라 찌르르 하고 창자에 퍼지며 얼굴이 화끈하였다. 눌러 곱빼기 한 잔을 또 마셨다.

김 첨지의 눈은 벌써 개개풀리기• 시작하였다. 석쇠에 얹힌 떡 두 개를 숭덩숭덩 썰어서 볼을 불룩거리며 또 곱빼기 두 잔을 부어라 하였다.

치삼은 의아한 듯이 김 첨지를 보며,

"여보게 또 붓다니, 벌써 우리가 넉 잔씩 먹었네. 돈이 40전일세."

라고 주의시켰다.

"아따 이놈아, 40전이 그리 끔찍하냐. 오늘 내가 돈을 막 벌었어. 참 오늘 운수가 좋았느니."

"그래 얼마를 벌었단 말인가?"

"30원을 벌었어, 30원을! 이런 젠장맞을 술을 왜 안 부어……. 괜찮다, 괜찮아. 막 먹어도 상관이 없어. 오늘 돈을 산더미 같이 벌었는데."

원원이 … 어떤 사물이 전하여 내려온 그 처음부터. 본디부터.

개개풀어지다 … 졸리거나 술에 취해서 눈에 정기가 흐려지다.

"어, 이 사람 취했군, 그만두세."

"이놈아, 이걸 먹고 취할 내냐, 어서 더 먹어."

하고는 치삼의 귀를 잡아 치며 취한 이는 부르짖었다. 그리고 술을 붓는 열다섯 살 됨직한 중대가리•에게로 달려들며,

"이놈, 오라질 놈, 왜 술을 붓지 않어."

라고 야단을 쳤다. 중대가리는 히히 웃고 치삼을 보며 문의하는 듯이 눈짓을 하였다. 주정꾼이 이 눈치를 알아보고 화를 버럭 내며,

"에미를 붙을 이 오라질 놈들 같으니, 이놈 내가 돈이 없을 줄 알고."

하자마자 허리춤을 훔칫훔칫하더니 1원짜리 한 장을 꺼내어 중대가리 앞에 펄쩍 집어던졌다. 그 사품•에 몇 푼 은전이 잘그랑 하며 떨어진다.

"여보게 돈 떨어졌네, 왜 돈을 막 끼얹나."

이런 말을 하며 일변 돈을 줍는다. 김 첨지는 취한 중에도 돈의 거처를 살피는 듯이 눈을 크게 떠서 땅을 내려다보다가 불시에 제 하는 짓이 너무 더럽다는 듯이 고개를 소스라치자 더욱 성을 내며,

"봐라 봐! 이 더러운 놈들아, 내가 돈이 없나, 다리 뼉다구를

중대가리 … 중처럼 머리를 빡빡 깎은 사람을 놀림조로 이르는 말.

사품 … 어떤 동작이나 일이 진행되는 바람이나 겨를.

꺾어 놓을 놈들 같으니."

하고 치삼이 주워 주는 돈을 받아,

"이 원수엣 돈! 이 육시를 할 돈!"

하면서, 팔매질을 친다. 벽에 맞아 떨어진 돈은 다시 술 끓이는 양푼에 떨어지며 정당한 매를 맞는다는 듯이 쨍하고 울었다.

곱빼기 두 잔은 또 부어질 겨를도 없이 말려 가고 말았다. 김 첨지는 입술과 수염에 붙은 술을 빨아들이고 나서 매우 만족한 듯이 그 솔잎 송이 수염을 쓰다듬으며,

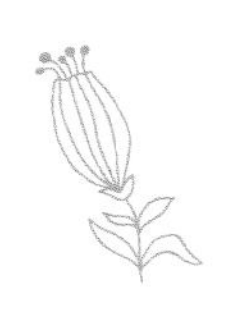

"또 부어, 또 부어."

라고 외쳤다.

또 한 잔 먹고 나서 김 첨지는 치삼의 어깨를 치며 문득 껄껄 웃는다. 그 웃음소리가 어찌나 컸던지 술집에 있는 이의 눈은 모두 김 첨지에게로 몰리었다. 웃는 이는 더욱 웃으며,

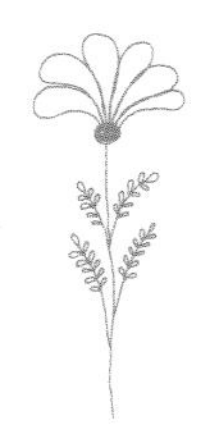

"여보게 치삼이, 내 우스운 이야기 하나 할까. 오늘 손을 태우고 정거장에까지 가지 않았겠나."

"그래서?"

"갔다가 그냥 오기가 안 됐데그려, 그래 전차 정류장에서 어름어름하며 손님 하나를 태울 궁리를 하지 않았나. 거기 마

침 마나님이신지 여학생님이신지—요새야 어디 논다니•와 아가씨를 구별할 수가 있던가—망토를 두르시고 비를 맞고 서 있겠지. 슬근슬근 가까이 가서 인력거 타실랍시오 하고 손가방을 받으랴니까 내 손을 탁 뿌리치고 홱 돌아서더니만 '왜 남을 이렇게 귀찮게 굴어!' 그 소리야말로 꾀꼬리 소리지, 허허!"

김 첨지는 교묘하게도 정말 꾀꼬리 같은 소리를 내었다. 모든 사람은 일시에 웃었다.

"빌어먹을 깍쟁이 같은 년, 누가 저를 어쩌나. '왜 남을 귀찮게 굴어!' 어이구 소리가 체신도 없지, 허허."

웃음소리들은 높아졌다. 그러나 그 웃음소리들이 사라지기 전에 김 첨지는 훌쩍훌쩍 울기 시작하였다.

치삼은 어이없이 주정뱅이를 바라보며,

가난을 그린 소설, 빈궁 소설

'빈궁'이란 가난하고 궁색함을 뜻하는 말이에요. 그래서 '빈궁 소설'은 궁핍한 경제적 현실에 초점을 두고 쓴 소설을 가리켜요. 그 내용은 도시 빈민, 노동자, 자영농의 몰락 등을 다루고 있어요. 이렇듯 소설에서 가난한 삶의 현실을 다루게 된 것은 일제 강점기에 개인의 노력, 의지와 상관없이 가난에 허덕이는 사람들이 많았기 때문이에요. 여기에서 현실의 모순을 느껴 사회적인 문제로 불거졌고, 그 결과 소설 작품에서도 이를 다루게 된 것이지요. 빈궁 소설은 가혹한 현실을 사실적으로 다룬다는 점에서 사실주의 소설의 한 갈래라고 할 수 있어요. 빈궁 소설의 대표작으로는 현진건의 「운수 좋은 날」 외에도 최서해의 「탈출기」, 「기아와 살육」 등이 있어요.

논다니 … 웃음과 몸을 파는 여자를 속되게 이르는 말.

사건을 넌지시 암시하는 복선

'복선'이란 만일의 경우에 대비하여 남모르게 미리 꾸며 놓은 일을 뜻해요. 하지만 소설 속에서 복선은 다른 의미로 사용돼요. 흔히 "복선을 깔다"라고 표현하는데, 소설의 복선은 앞으로 일어날 사건에 대해 미리 독자에게 넌지시 암시하는 것을 말해요. 「운수 좋은 날」에서 복선은 작품의 앞머리 '새침하게 흐린 품이 눈이 올 듯하더니 눈은 아니 오고 얼다가 만 비가 추적추적 내리었다'에서 찾을 수 있어요. 비 내리는 배경은 암울한 분위기를 이끌어 내어 '김 첨지'에게 다가올 불행을 암시하는 복선이에요.

"금방 웃고 지랄을 하더니 우는 건 또 무슨 일인가."

김 첨지는 연해 코를 들이마시며,

"우리 마누라가 죽었다네."

"뭐, 마누라가 죽다니, 언제?"

"이놈아 언제는. 오늘이지."

"예끼 미친 놈, 거짓말 말아."

"거짓말은 왜, 참말로 죽었어, 참말로…… 마누라 시체를 집에 뻐들쳐 놓고 내가 술을 먹다니, 내가 죽일 놈이야, 죽일 놈이야."

하고 김 첨지는 엉엉 소리를 내어 운다.

치삼은 흥이 조금 깨어지는 얼굴로,

"원, 이 사람이 참말을 하나, 거짓말을 하나. 그러면 집으로 가세, 가."

하고 우는 이의 팔을 잡아당기었다.

치삼의 끄는 손을 뿌리치더니 김 첨지는 눈물이 글썽글썽한 눈으로 싱그레 웃는다.

"죽기는 누가 죽어."

하고 득의가 양양.

"죽기는 왜 죽어, 생떼 같이 살아만 있단다. 그 오라질 년이 밥을 죽이지. 인제 나한테 속았다."

하고 어린애 모양으로 손뼉을 치며 웃는다.

"이 사람이 정말 미쳤단 말인가. 나도 아주먼네가 앓는단 말을 들었었는데."

하고 치삼이도 어떤 불안을 느끼는 듯이 김 첨지에게 또 돌아가라고 권하였다.

"안 죽었어, 안 죽었대도 그래."

김 첨지는 화증을 내며 확신 있게 소리를 질렀으되 그 소리엔 안 죽은 것을 믿으려고 애쓰는 가락이 있었다. 기어이 1원어치를 채워서 곱빼기 한 잔씩 더 먹고 나왔다. 궂은비는 의연히 추적추적 내린다.

김 첨지는 취중에도 설렁탕을 사 가지고 집에 다다랐다. 집이라 해도 물론 셋집이요, 또 집 전체를 세든 게 아니라 안과 뚝 떨어진 행랑방 한 칸을 빌려 든 것인데 물을 길어 대고 한 달에 1원씩 내는 터이다. 만일 김 첨지가 주기를 띠지 않았던들 한 발을 대문에 들여놓았을 제 그곳을 지배하는 무시무시

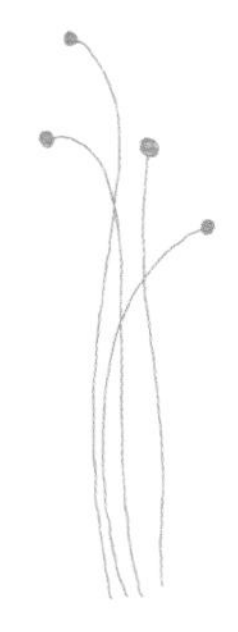

현진건의 「빈처」

현진건의 또 다른 대표작으로 「빈처」를 들 수 있어요. 「빈처」는 그가 문단의 주목을 받는 계기를 마련해 주었어요. 작품은 자신의 아내를 표본 삼아 쓴 것으로, 자기의 주위에서 일어난 일을 주제로 한 '신변 소설'이라고 할 수 있어요. 돈을 벌지 못하는 소설가 '나'는 집안 살림을 모두 아내에게 맡기고 있어요. '아내'는 무능한 '나' 때문에 집안 살림을 팔아 가며 생활하면서 잠시 속물적인 유혹에 빠지지만 남편을 이해하고 사랑하는 여인이에요. 둘은 가난과 넉넉함 속에서 갈등하다, 결국 부유한 부부의 불행을 통해 물질보다 정신적 행복에 만족하며, 부부의 진실한 사랑을 찾게 돼요. 이 작품은 당시의 젊은 지식인의 꿈과 고민을 생생하게 그려 내어 우리나라 단편 소설의 기교를 확립하였다는 평가를 받고 있어요.

한 정적—폭풍우가 지나간 뒤의 바다 같은 정적에 다리가 떨렸으리라. 쿨룩거리는 기침 소리도 들을 수 없다. 그르렁거리는 숨소리조차 들을 수 없다. 다만 이 무덤 같은 침묵을 깨뜨리는—아니 깨뜨린다느니보다 한층 더 침묵을 깊게 하고 불길하게 하는 빡빡 하는 그윽한 소리, 어린애의 젖 빠는 소리가 날 뿐이다. 만일 청각이 예민한 이 같으면 그 빡빡 소리는 빨 따름이요, 꿀떡꿀떡 하고 젖 넘어가는 소리가 없으니 빈 젖을 빤다는 것도 짐작할는지 모르리라.

혹은 김 첨지도 이 불길한 침묵을 짐작했는지도 모른다. 그렇지 않으면 대문에 들어서자마자 전에 없이,

"이 난장 맞을 년, 남편이 들어오는데 나와 보지도 않아, 이 오라질 년."

이라고 고함을 친 게 수상하다. 이

고함이야말로 제 몸을 엄습해 오는 무시무시한 증을 쫓아 버리려는 허장성세(虛張聲勢)●인 까닭이다.

하여간 김 첨지는 방문을 왈칵 열었다. 구역을 나게 하는 추기—떨어진 삿자리● 밑에서 나온 먼짓내, 빨지 않은 기저귀에서 나는 똥내와 오줌내, 가지각색 때가 켜켜이 앉은 옷내, 병인의 땀 썩는 내가 섞인 추기가 무딘 김 첨지의 코를 찔렀다.

방 안에 들어서며 설렁탕을 한 구석에 놓을 사이도 없이 주정꾼은 목청을 있는 대로 다 내어 호통을 쳤다.

"이런 오라질 년, 주야장천● 누워만 있으면 제일이야! 남편이 와도 일어나지를 못해!"

라는 소리와 함께 발길로 누운 이의 다리를 몹시 찼다. 그러나 발에 채이는 건 사람의 살이 아니고 나무등걸과 같은 느낌이 있었다. 이때에 빽빽 소리가 응아 소리로 변하였다. 개똥이가 물었던 젖을 빼어 놓고 운다. 운대도 온 얼굴을 찡그려 붙여서, 운다는 표정을 할 뿐이다. 응아 소리도 입에서 나는 게 아니고, 마치 배 속에서 나는 듯하였다. 울다가, 울다가 목도 잠겼고 또 울 기운조차 시진●한 것 같다.

발로 차도 그 보람이 없는 걸 보자 김 첨지는 아내의 머리맡으로 달려들어 그야말로 까치집 같은 환자의 머리를 꺼들

허장성세 … 실속은 없으면서 큰소리치거나 허세를 부림.

삿자리 … 갈대를 엮어서 만든 자리.

주야장천 … 밤낮으로 쉬지 아니하고 연달아.

시진 … 기운이 빠져 없어짐.

「운수 좋은 날」

1924년 〈개벽〉에 발표한 단편 소설 「운수 좋은 날」은 일제 강점기인 1920년대 초 도시에서 가난하게 살아가는 빈민층의 생활을 '김 첨지'라는 인물을 내세워 보여 주는 작품이에요. 인력거꾼 '김 첨지'의 '운수 좋은' 하루는 비극적 결말로 이어지며, 결국 가장 '운수 나쁜' 날로 뒤바뀌는 반어적 표현으로 처절한 삶의 모습을 드러내고 있어요. 작품 전체에서 보이는 뛰어난 구성과 예리한 묘사는 「운수 좋은 날」이 우리나라 현대 소설의 사실주의 문학을 확립하는 데 중요한 공헌을 한 작품으로 평가받게 하고 있어요.

어 흔들며,

"이년아, 말을 해, 말을! 입이 붙었어, 이 오라질 년!"

"……."

"으응, 이것 봐, 아무 말이 없네."

"……."

"이년아, 죽었단 말이냐, 왜 말이 없어."

"……."

"으응, 또 대답이 없네, 정말 죽었나 보이."

이러다가 누운 이의 흰 창을 덮은, 위로 치뜬 눈을 알아보자마자,

"이 눈깔! 이 눈깔! 왜 나를 바루 보지 못하고 천장만 보느냐, 응?"

하는 말끝엔 목이 메이었다. 그러자 산 사람의 눈에서 떨어진 닭똥 같은 눈물이 죽은 이의 뻣뻣한 얼굴을 어룽어룽 적시었다. 문득 김 첨지는 미칠 듯이 제 얼굴을 죽은 이의 얼굴에 한데 비비대며 중얼거렸다.

"설렁탕을 사다 놓았는데 왜 먹지를 못하니, 왜 먹지를 못하니……. 괴상하게도 오늘은 운수가 좋더니만……."

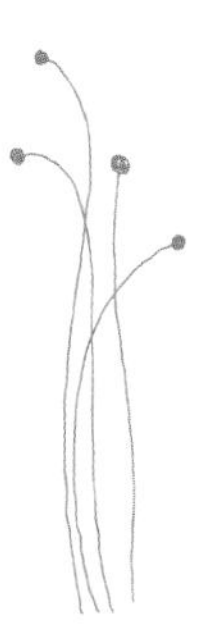

날개

이상

"나는 또 이런 방을 위하여 이 세상에 태어난 것만 같아서 즐거웠다.
그러나 이것은 행복이라든가 불행이라든가 하는 것을
계산하는 것은 아니었다. 말하자면 나는
내가 행복되다고도 생각할 필요가 없었고,
그렇다고 불행하다고도 생각할 필요가 없었다.
그냥 그날그날을 그저 까닭 없이
펀둥펀둥 게으르고만 있으면 만사는 그만이었던 것이다."

'박제(剝製)가 되어 버린 천재'를 아시오? 나는 유쾌하오. 이런 때 연애까지 유쾌하오.

육신이 흐느적흐느적하도록 피로했을 때만 정신이 은화(銀貨)•처럼 맑소. 니코틴이 내 횟배• 앓는 배 속으로 스미면 머릿속에 으레 백지가 준비되는 법이오. 그 위에다 나는 위트•와 패러독스•를 바둑 포석처럼 늘어놓소. 가증할 상식의 병이오.

나는 또 여인과 생활을 설계하오. 연애 기법에마저 서먹서먹해진 지성의 극치를 흘깃 좀 들여다본 일이 있는, 말하자면 일종의 정신분일자(精神奔逸者) 말이오. 이런 여인의 반(半)—그것은 온갖 것의 반이오—만을 영수(領受)•하는 생활을 설계한다는 말이오. 그런 생활 속에서 한 발만 들여놓고 흡사 두 개의 태양처럼 마주 쳐다보면서 낄낄거리는 것이오. 나는 아마 어지간히 인생의 제행(諸行)•이 싱거워서 견딜 수가 없게끔 되고 그만둔 모양이오. 굿바이.

굿바이, 그대는 이따금 그대가 제일 싫어하는 음식을 탐식(貪食)•하는 아이러니를 실천해 보는 것도 좋을 것 같소. 위

은화 … 은으로 만든 돈.

횟배 … 회충으로 인한 배앓이.

위트 … 말이나 글을 즐겁고 재치 있고 능란하게 구사하는 능력.

패러독스 … 역설. 특정한 경우에 논리적 모순을 일으키는 논증.

영수 … 돈이나 물품 따위를 받아들임.

제행 … 모든 일이나 행동.

탐식 … 음식을 탐냄. 탐내어 먹음.

트와 패러독스와…….

그대 자신을 위조하는 것도 할 만한 일이오. 그대의 작품은 한 번도 본 일이 없는 기성품에 의하여 차라리 경편(輕便)•하고 고매(高邁)•하리라.

19세기는 될 수 있거든 봉쇄하여 버리오. 도스토옙스키 정신이란 자칫하면 낭비인 것 같소. 위고를 불란서•의 빵 한 조각이라고는 누가 그랬는지 지언(至言)•인 듯싶소. 그러나 인생 혹은 그 모형에 있어서 디테일 때문에 속는다거나 해서야 되겠소? 화(禍)를 보지 마오. 부디 그대께 고하는 것이니…….

(테이프가 끊어지면 피가 나오. 생채기도 머지않아 완치될 줄 믿소. 굿바이.)

감정은 어떤 포즈(그 포즈의 소(素)•만을 지적하는 것이 아닌지나 모르겠소) 그 포즈가 부동자세에까지 고도화될 때 감정은 딱 공급을 정지합네다.

나는 내 비범한 발육•을 회고하여 세상을 보는 안목을 규정하였소.

여왕봉(女王蜂)과 미망인—세상에 하고많은 여인이 본질

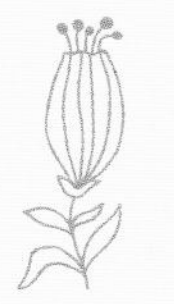

경편 … 가볍고 편하거나 손쉽고 편리함.

고매 … 인격이나 품성, 학식 등이 높고 빼어나다.

불란서 … 한자로 '프랑스'의 음을 나타낸 말.

지언 … 지극히 당연한 말.

소 … 바탕.

발육 … 생물체가 자라남.

적으로 이미 미망인 아닌 이가 있으리까? 아니! 여인의 전부가 그 일상에 있어서 개개 '미망인'이라는 내 논리가 뜻밖에도 여성에 대한 모독이 되오? 굿바이.

「날개」의 도입부

'박제(剝製)가 되어 버린 천재'를 아시오? 로 시작하는 「날개」의 도입부는 뜻을 이해하기 매우 어려워요. 하지만 여기에는 이 작품만이 가지는 특별한 의미가 담겨 있어요. 이 부분은 '나'의 독백이라고 볼 수 있는데, 자신이 가지는 사상과 느낌을 간결하고 날카롭게 늘어놓아 지적이지만 분열된 '나'의 자아를 느낄 수 있어요. 또한 '박제가 되어 버린 천재'는 '나'를 의미하는 것이기도 해요. 살아 있는 듯하지만 생명이 없는 박제가 되어 버린 채 살아가는 '나'의 모습을 단적으로 표현하는 말이에요.

그 33번지라는 것이 구조가 흡사 유곽•이라는 느낌이 없지 않다. 한 번지에 18가구가 죽 어깨를 맞대고 늘어서 창호가 똑같고 아궁이 모양이 똑같다. 게다가 각 가구에 사는 사람들이 송이송이 꽃과 같이 젊다. 해가 들지 않는다. 해가 드는 것을 그들이 모른 체하는 까닭이다. 턱살 밑에다 철줄을 매고 얼룩진 이부자리를 널어 말린다는 핑계로 미닫이에 해가 드는 것을 막아 버린다. 침침한 방 안에서 낮잠들을 잔다. 그들은 밤에는 잠을 자지 않나? 알 수 없다. 나는 밤이나 낮이나 잠만 자느라고 그런 것은 알 길이 없다. 33번지 18가구의 낮은 참 조용하다.

조용한 것은 낮뿐이다. 어둑어둑하면 그들은 이부자리를

유곽 … 많은 창녀를 두고 돈을 받고 몸을 파는 영업을 하는 집.

걷어 들인다. 전등불이 켜진 뒤의 18가구는 낮보다 훨씬 화려하다. 저물도록 미닫이 여닫는 소리가 잦다. 바빠진다. 여러 가지 내음새가 나기 시작한다. 비웃• 굽는 내, 탕고도란• 내, 뜨물내, 비눗내…….

그러나 이러한 것들보다도 그들의 문패가 제일로 고개를 끄덕이게 하는 것이다. 이 18가구를 대표하는 대문이라는 것이 일각이 져서 외따로 떨어지기는 했으나 있다. 그러나 그것은 한 번도 닫힌 일이 없는 한길•이나 마찬가지 대문인 것이다. 온갖 장사치들은 하루 가운데 어느 시간에라도 이 대문을 통하여 드나들 수 있는 것이다. 이네들은 문간에서 두부를 사는 것이 아니라 미닫이만 열고 방에서 두부를 사는 것이다. 이렇게 생긴 33번지 대문에 그들 18가구의 문패를 몰아다 붙이는 것은 의미가 없다. 그들은 어느 사이엔가 각 미닫이 위 백인당(百忍堂)이니 길상당(吉祥堂)이니 써 붙인 한 곁에다 문패를 붙이는 풍속을 가져 버렸다.

내 방 미닫이 위 한 곁에 칼표딱지•를 넷에다 낸 것만 한 내, 아니! 내 아내의 명함이 붙어 있는 것도 이 풍속을 좇은 것이 아닐 수 없다.

비웃 … '청어'를 식료품으로 이르는 말.

탕고도란 … 일제 강점기 시대 많이 쓰던 화장품 이름.

한길 … 사람과 차가 많이 다니는 넓은 길.

칼표딱지 … 뜯어서 쓰는 딱지.

나는 그러나 그들의 아무와도 놀지 않는다. 놀지 않을 뿐만 아니라 인사도 않는다. 나는 내 아내와 인사하는 외에 누구와도 인사하고 싶지 않았다.

내 아내 외의 다른 사람과 인사를 하거나 놀거나 하는 것은 내 아내 낯을 보아 좋지 않은 일인 것만 같이 생각이 들었기 때문이다. 나는 이만큼까지 내 아내를 소중히 생각한 것이다.

내가 이렇게까지 내 아내를 소중히 생각한 까닭은 이 33번지 18가구 가운데서 내 아내가 명함처럼 제일 작고 제일 아름다운 것을 안 까닭이다. 18가구에 각기 별러 든 송이송이 꽃들 가운데서도 내 아내가 특히 아름다운 한 떨기의 꽃으로 이 함석지붕 밑 볕 안 드는 지역에서 어디까지든지 찬란하였다. 따라서 그런 한 떨기 꽃을 지키고, 아니 그 꽃에 매달려 사는 나라는 존재가 도무지 형언할 수 없는 거북살스러운 존재가 아닐 수 없었던 것은 물

이상

본명은 김해경인 이상은 1910년 서울에서 태어났고 시인이자 소설가로 활동했어요. 1931년에 시 「이상한 가역반응」을 발표하며 등단하였어요. 1934년에는 초현실주의적인 시 「오감도」를, 1936년에는 난해하고 파격적인 단편 소설 「날개」를 발표하여 주목을 받았어요. 이상은 시와 소설뿐 아니라 그림과 도안에도 뛰어난 재능을 보였어요. 1936년 일본으로 건너갔다가 '불령선인'으로 일본에 체포된 후 건강이 극도로 악화되어 도쿄에서 죽음을 맞이했어요. 불령선인이란 불순한 조선인이란 뜻을 담고 있어요. 그의 천재적 문학성을 기리기 위해 문학사상사에서 1977년부터 이상 문학상을 제정해 시상하고 있어요.

론이다.

나는 어디까지든지 내 방이—집이 아니다. 집은 없다—마음에 들었다. 방 안의 기온은 내 체온을 위하여 쾌적하였고, 방 안의 침침한 정도가 또한 내 안력•을 위하여 쾌적하였다. 나는 내 방 이상의 서늘한 방도, 또 따뜻한 방도 희망하지 않았다. 이 이상으로 밝거나 이 이상으로 아늑한 방을 원하지 않았다. 내 방은 나 하나를 위하여 요만한 정도를 꾸준히 지키는 것 같아 늘 내 방에 감사하였고 나는 또 이런 방을 위하여 이 세상에 태어난 것만 같아서 즐거웠다.

그러나 이것은 행복이라든가 불행이라든가 하는 것을 계산하는 것은 아니었다. 말하자면 나는 내가 행복되다고도 생각할 필요가 없었고, 그렇다고 불행하다고도 생각할 필요가 없었다. 그냥 그날그날을 그저 까닭 없이 펀둥펀둥 게으르고만 있으면 만사는 그만이었던 것이다.

내 몸과 마음에 옷처럼 잘 맞는 방 속에서 뒹굴면서, 축 처져 있는 것은 행복이니 불행이니 하는 그런 세속적인 계산을 떠난, 가장 편리하고 안일한, 말하자면 절대적인 상태인 것이다. 나는 이런 상태가 좋았다.

안력 … 시력. 물체의 존재나 형상을 인식하는 눈의 능력.

이 절대적인 내 방은 대문간에서 세어서 똑 일곱째 칸이다. 럭키 세븐의 뜻이 없지 않다. 나는 이 일곱이라는 숫자를 훈장처럼 사랑하였다. 이런 이 방이 장지로 말미암아 두 칸으로 나뉘어 있었다는 그것이 내 운명의 상징이었던 것을 누가 알랴?

아랫방은 그래도 해가 든다. 아침결에 책보만 한 해가 들었다가 오후에 손수건만 해지면서 나가 버린다. 해가 영영 들지 않는 윗방이 즉 내 방인 것은 말할 것도 없다. 이렇게 볕드는 방이 아내 방이요, 볕 안 드는 방이 내 방이오 하고 아내와 나 둘 중에 누가 정했는지 나는 기억하지 못한다. 그러나 나에게는 불평이 없다.

아내가 외출만 하면 나는 얼른 아랫방으로 와서 그 동쪽으로 난 들창•을 열어 놓고, 열어 놓으면 들이비치는 볕살이 아내의 화장대를 비쳐 가지각색 병들이 아롱이 지면서 찬란하게 빛나고 이렇게 빛나는 것을 보는 것은 다시없는 내 오락이다. 나는 쪼끄만 '돋보기'를 꺼내 가지고 아내만이 사용하는 지리가미(휴지)를 끄실려 가면서 불장난을 하고 논다. 평행 광선을 굴절시켜서 한 초점에 모아 가지고 그 초점이 따

들창 … 벽의 위쪽에 자그맣게 만든 창.

1930년대 모더니즘 소설

1930년대의 우리 문학은 일제의 횡포에 의해 변화해 갔어요. 정치적인 성격을 띠는 작품이 금지되었기 때문에 당대의 작가들은 가족의 변천을 다룬 가족사 소설, 토속적인 세계, 지식인의 고민, 모더니즘 등에 눈을 돌렸어요. 그중 '모더니즘'은 현대 도시 문명의 병든 모습과 도시의 세태를 관찰하여 비판하는 문학 양식이에요. 주로 지식인이 주인공이 되기 때문에 '지식인 소설'이라고도 불려요. 「날개」 또한 모더니즘 소설의 하나로, 초현실주의적인 수법을 통해 지식인의 모습을 그렸어요. 그 밖에 대표작으로는 박태원의 『천변풍경』, 채만식의 「레디메이드 인생」, 「치숙」, 『탁류』 등이 있어요.

끈따끈해지다가, 마지막에는 종이를 끄실리기 시작하고 가느다란 연기를 내면서 드디어 구멍을 뚫어 놓는 데까지에 이르는 고 얼마 안 되는 동안의 초조한 맛이 죽고 싶을 만치 내게는 재미있었다.

이 장난이 싫증이 나면 나는 또 아내의 손잡이 거울을 가지고 여러 가지로 논다. 거울이란 제 얼굴을 비출 때만 실용품이다. 그 외의 경우에는 도무지 장난감인 것이다.

이 장난도 곧 싫증이 난다. 나의 유희심•은 육체적인 데서 정신적인 데로 비약한다. 나는 거울을 내던지고 아내의 화장대 앞으로 가까이 가서 나란히 늘어놓인 고 가지각색의 화장품 병들을 들여다본다. 고것들은 세상의 무엇보다도 매력적이다. 나는 그중의 하나만을 골라서 가만히 마개를 빼고 병 구멍을 내 코에 가져다 대이고 숨죽이듯이 가벼운 호흡을 하여 본다. 이국적인 섹슈얼한(관

유희심 … 즐겁게 놀며 장난하고자 하는 마음.

능적•인) 향기가 폐로 스며들면 나는 저절로 스르르 감기는 내 눈을 느낀다. 확실히 아내의 체취의 파편이다. 나는 도로 병마개를 막고 생각해 본다. 아내의 어느 부분에서 요 내음새가 났던가를…… 그러나 그것은 분명치 않다. 왜? 아내의 체취는 여기 늘어섰는 가지각색 향기의 합계일 것이니까.

아내의 방은 늘 화려하였다. 내 방이 벽에 못 한 개 꽂히지 않은 소박한 것인 반대로 아내 방에는 천장 밑으로 쫙 돌려 못이 박히고 못마다 화려한 아내의 치마와 저고리가 걸렸다. 여러 가지 무늬가 보기 좋다. 나는 그 여러 조각의 치마에서 늘 아내의 동체•와 그 동체가 될 수 있는 여러 가지 포즈를 연상하고 연상하면서 내 마음은 늘 점잖지 못하다.

그렇건만 나에게는 옷이 없었다. 아내는 내게는 옷을 주지 않았다. 입고 있는 코르덴• 양복 한 벌이 내 자리옷이었고 통상복과 나들이옷을 겸한 것이었다. 그리고 하이넥•의 스웨터가 한 조각 사철을 통한 내 내의다. 그것들은 하나같이 다 빛이 검다. 그것은 내 짐작 같아서는 즉 빨래를 될 수 있는 데까지 하지 않아도 보기 싫지 않도록 하기 위한 것이 아닌가 한다. 나는 허리와 두 가랑이 세 군데 다 고무 밴드가 끼

관능적 … 성적인 감각을 자극하는 것.

동체 … 사람이나 동물의 몸통.

코르덴 … 누빈 것처럼 골이 지게 짠 옷감.

하이넥 … 목까지 높이 올라온 옷깃의 옷.

어 있는 부드러운 사루마다●를 입고 그리고 아무 소리 없이 잘 놀았다.

어느덧 손수건만 해졌던 볕이 나갔는데 아내는 외출에서 돌아오지 않는다. 나는 요만 일에도 좀 피곤하였고 또 아내가 돌아오기 전에 내 방으로 가 있어야 될 것을 생각하고 그만 내 방으로 건너간다. 내 방은 침침하다. 나는 이불을 뒤집어쓰고 낮잠을 잔다. 한 번도 걷은 일이 없는 내 이부자리는 내 몸뚱이의 일부분처럼 내게는 참 반갑다. 잠은 잘 오는 적도 있다. 그러나 또 전신이 까칫까칫하면서 영 잠이 오지 않는 적도 있다. 그런 때는 아무 제목으로나 제목을 하나 골라서 연구하였다. 나는 내 좀 축축한 이불 속에서 참 여러 가지 발명도 하였고 논문도 많이 썼다. 시도 많이 지었다. 그러나 그것들은 내가 잠이 드는 것과 동시에 내 방에 담겨서 철철 넘치는 그 흐늑흐늑한 공기에 다 비누처럼 풀어져서 온데간데가 없고 한참 자고 깬 나는 속이 무명 헝겊이나 메밀껍질로 띵띵 찬 한 덩어리 베개와도 같은 한 벌 신경이었을 뿐이고 하였다.

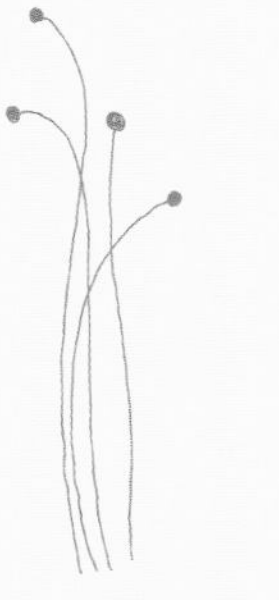

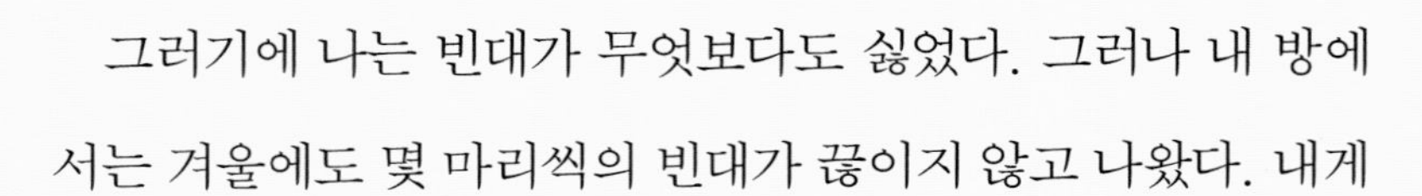

그러기에 나는 빈대가 무엇보다도 싫었다. 그러나 내 방에서는 겨울에도 몇 마리씩의 빈대가 끊이지 않고 나왔다. 내게

사루마다 … 팬티보다 좀 긴 일본 속옷의 일종.

근심이 있었다면 오직 이 빈대를 미워하는 근심일 것이다. 나는 빈대에게 물려서 가려운 자리를 피가 나도록 긁었다. 쓰라리다. 그것은 그윽한 쾌감에 틀림없었다. 나는 혼곤히 잠이 든다.

나는 그러나 그런 이불 속의 사색생활에서도 적극적인 것을 궁리하는 법이 없다. 내게는 그럴 필요가 대체 없었다. 만일 내가 그런 좀 적극적인 것을 궁리해내었을 경우에 나는 반드시 내 아내와 의논하여야 할 것이고 그러면 반드시 나는 아내에게 꾸지람을 들을 것이고—나는 꾸지람이 무서웠다느니보다도 성가셨다. 내가 제법 한 사람의 사회인의 자격으로 일을 해 보는 것도, 아내에게 사설• 듣는 것도 나는 가장 게으른 동물처럼 게으른 것이 좋았다. 될 수만 있으면 이 무의미한 인간의 탈을 벗어 버리고도 싶었다.

나에게는 인간 사회가 스스러웠다•. 생활이 스스러웠다. 모두가 서먹할 뿐이었다.

사설 … 길게 늘어놓는 잔소리와 푸념.

스스럽다 … 서로 사귀는 정분이 두텁지 않아 조심스럽다. 수줍고 부끄러운 느낌이 있다.

아내는 하루에 두 번 세수를 한다. 나는 하루 한 번도 세수를 하지 않는다. 나는 밤중 세 시나 네 시 해서 변소에 갔다 달이 밝은 밤에는 한참씩 마당에 우두커니 섰다가 들어오곤 한다. 그러니까 나는 이 18가구의 아무와도 얼굴이 마주치는 일이 거의 없다. 그러면서도 나는 이 18가구의 젊은 여인네 얼굴들을 거반• 다 기억하고 있었다. 그들은 하나같이 내 아내만 못하였다.

열한 시쯤 해서 하는 아내의 첫 번 세수는 좀 간단하다. 그러나 저녁 일곱 시쯤 해서 하는 두 번째 세수는 손이 많이 간다. 아내는 낮에보다도 밤에 더 좋고 깨끗한 옷을 입는다. 그리고 낮에도 외출하고 밤에도 외출하였다.

아내에게 직업이 있었던가? 나는 아내의 직업이 무엇인지 알 수 없다. 만일 아내에게 직업이 없었다면, 같이 직업이 없는 나처럼 외출할 필요가 생기지 않을 것인데—아내는 외출한다. 외출할 뿐만 아니라 내객•이 많다. 아내에게 내객이 많은 날은 나는 온종일 내 방에서 이불을 쓰고 누워 있어야만 된다. 불장난도 못 한다. 화장품 내음새도 못 맡는다. 그런 날은 나는 의식적으로 우울해하였다. 그러면 아내는 나에게 돈을 준다. 50전짜리 은화다. 나는 그것이 좋았다. 그러나 그것을 무엇에 써야 옳을지 몰라서 늘 머리맡에 던져두고 두고 한 것이 어느 결에 모여서 꽤 많아졌다. 어느 날 이것을 본 아내는 금고처럼 생긴 벙어리•를 사다 준다. 나는 한 푼씩 한 푼

거반 … 거의 절반. 거의 절반 가까이.

내객 … 찾아온 손님.

벙어리 … 벙어리저금통.

씩 고 속에 넣고 열쇠는 아내가 가져갔다. 그 후에도 나는 더러 은화를 그 벙어리에 넣은 것을 기억한다. 그리고 나는 게을렀다. 얼마 후 아내의 머리 쪽에 보지 못하던 누깔잠이 하나 여드름처럼 돋았던 것은 바로 그 금고형 벙어리의 무게가 가벼워졌다는 증거일까. 그러나 나는 드디어 머리맡에 놓였던 그 벙어리에 손을 대지 않고 말았다. 내 게으름은 그런 것에 내 주의를 환기시키기도 싫었다.

「날개」의 '나'와 '아내'

작품 속의 '나'와 '아내'의 관계는 매우 상징적이에요. 먼저 '나'가 살고 있는 '방'은 해가 들지 않아 어두침침하고 빈대가 들끓는데, '아내'의 방은 해가 들어 밝고 화려해요. 또한 바깥에 나가지도 않는 '나'는 돈을 벌 능력도 없고 벌려는 마음 또한 없어서 은화를 변소에 버려요. 하지만 '아내'는 돈을 받고 몸을 팔아서 '나'에게 돈을 쥐어 주기까지 해요. 결국 '나'는 '아내'보다 열등하고 '아내'의 말에 좌지우지되는 인물이라고 할 수 있어요. 한편으로는 '나'와 '아내'를 한 사람의 마음속에 숨어 있는 두 자아가 대립하는 것으로 해석하기도 해요.

아내에게 내객이 있는 날은 이불 속으로 암만 깊이 들어가도 비 오는 날만큼 잠이 잘 오지는 않았다. 나는 그런 때 아내에게는 왜 늘 돈이 있나 왜 돈이 많은가를 연구했다.

내객들은 장지 저쪽에 내가 있는 것을 모르나 보다. 내 아내와 나도 좀 하기 어려운 농을 아주 서슴지 않고 쉽게 해 내던지는 것이다. 그러나 아내의 내객 가운데 서너 사람의 내객들은 늘 비교적 점잖았다고 볼 수 있는 것이 자정이 좀 지나면 으레 돌아들 갔다. 그들 가운데는 퍽 교양이 옅은 자도 있는 듯싶었는데 그런 자는 보통 음식을 사다 먹고 논다. 그래서 보충을 하고 대체로 무사하였다.

나는 우선 내 아내의 직업이 무엇인가를 연구하기에 착수하였으나 좁은 시야와 부족한 지식으로는 이것을 알아내기 힘이 든다. 나는 끝끝내 내 아내의 직업이 무엇인가를 모르고 말려나 보다.

아내는 늘 진솔 버선•만 신었다. 아내는 밥도 지었다. 아내가 밥 짓는 것을 나는 한 번도 구경한 일은 없으나 언제든지 끼니때면 내 방으로 내 조석 밥을 날라다 주는 것이다. 우리 집에는 나와 내 아내 외에 다른 사람은 아무도 없다. 이 밥은 분명히 아내가 손수 지었음에 틀림없다.

그러나 아내는 한 번도 나를 자기 방으로 부른 일이 없다. 나는 늘 윗방에서 나 혼자서 밥을 먹고 잠을 잤다. 밥은 너무 맛이 없었다. 반찬이 너무 엉성하였다. 나는 닭이나 강아지처럼 말없이 주는 모이를 넙죽넙죽 받아먹기는 했으나 내심 야속하게 생각한 적도 더러 없지 않다. 나는 안색이 여지없이 창백해 가면서 말라들어 갔다. 나날이 눈에 보이듯이 기운

진솔 버선 … 한 번도 빨지 않은 새 버선.

이 줄어들었다. 영양 부족으로 하여 몸뚱이 곳곳이 뼈가 불쑥 불쑥 내밀었다. 하룻밤 사이에도 수십 차를 돌쳐 눕지 않고는 여기저기가 배겨서 나는 배겨 낼 수가 없었다.

그렇기 때문에 나는 내 이불 속에서 아내가 늘 흔히 쓸 수 있는 저 돈의 출처를 탐색해 보는 일변 장지 틈으로 새어 나오는 아랫방의 음식은 무엇일까를 간단히 연구하였다. 나는 잠이 잘 안 왔다.

깨달았다. 아내가 쓰는 돈은 그, 내게는 다만 실없는 사람들로밖에 보이지 않는 까닭 모를 내객들이 놓고 가는 것에 틀림없으리라는 것을 나는 깨달았다. 그러나 왜 그들 내객은 돈을 놓고 가나, 왜 내 아내는 그 돈을 받아야 하는 예의(禮儀) 관념이 내게는 도무지 알 수 없는 것이었다.

그것은 그저 예의에 지나지 않는 것일까 그렇지 않으면 혹 무슨 대가일까 보수일까. 내 아내가 그들의 눈에는 동정을 받아야만 할 가엾은 인물로 보였던가.

이런 것들을 생각하노라면 으레 내 머리는 그냥 혼란하여 버리곤 하였다. 잠들기 전에 획득했다는 결론이 오직 불쾌하다는 것뿐이었으면서도 나는 그런 것을 아내에게 물어보거나

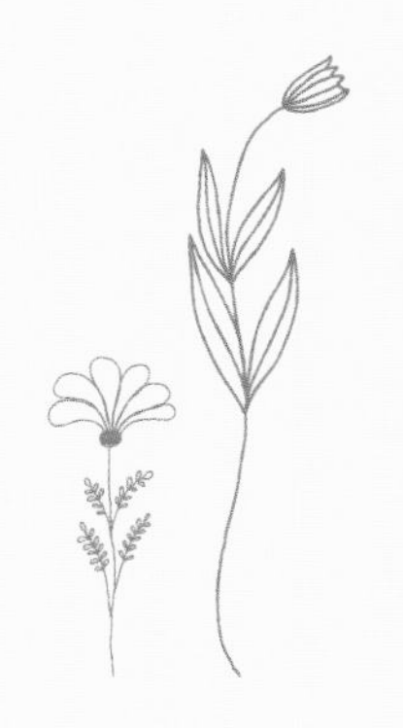

한 일이 참 한 번도 없다. 그것은 대체 귀찮기도 하려니와 한 잠 자고 일어나면 나는 사뭇 딴사람처럼 이것도 저것도 다 깨끗이 잊어버리고 그만두는 까닭이다.

내객들이 돌아가고, 혹 밤 외출에서 돌아오고 하면 아내는 경편한 것으로 옷을 바꾸어 입고 내 방으로 나를 찾아온다. 그리고 이불을 들치고 내 귀에는 영 생동생동한 몇 마디 말로 나를 위로하려 든다. 나는 조소•도 고소•도 홍소•도 아닌 웃음을 얼굴에 띠우고 아내의 아름다운 얼굴을 쳐다본다. 아내는 방그레 웃는다. 그러나 그 얼굴에 떠도는 일말의 애수•를 나는 놓치지 않는다.

아내는 능히 내가 배고파하는 것을 눈치챌 것이다. 그러나 아랫방에서 먹고 남은 음식을 나에게 주려 들지는 않는다. 그것은 어디까지든지 나를 존경하는 마음일 것임에 틀림없다. 나는 배가 고프면서도 적이 마음이 든든한 것을 좋아했다. 아내가 무엇이라고 지껄이고 갔는지 귀에 남아 있을 리 없다. 다만 내 머리맡에 아내가 놓고 간 은화가 전등불에 흐릿하게 빛나고 있을 뿐이다.

고 금고형 벙어리 속에 고 은화가 얼마큼이나 모였을까. 나는 그러나 그것을 쳐들어 보지 않았다. 그저 아무런 의욕도

조소 … 비웃음.

고소 … 쓴웃음.

홍소 … 입을 크게 벌리고 웃거나 떠들썩하게 웃는 웃음.

애수 … 마음을 서글프게 하는 슬픈 시름.

기원•도 없이 그 단춧구멍처럼 생긴 틈사구니•로 은화를 떨어뜨려 둘 뿐이었다.

왜 아내의 내객들이 아내에게 돈을 놓고 가나 하는 것이 풀 수 없는 의문인 것 같이 왜 아내는 나에게 돈을 놓고 가나 하는 것도 역시 나에게는 똑같이 풀 수 없는 의문이었다. 내 비록 아내가 내게 돈을 놓고 가는 것이 싫지 않았다 하더라도 그것은 다만 고것이 내 손가락에 닿는 순간에서부터 고 벙어리 주둥이에서 자취를 감추기까지의 하잘것없는 짧은 촉각이 좋았달 뿐이지 그 이상 아무 기쁨도 없다.

어느 날 나는 고 벙어리를 변소에 갖다 넣어 버렸다. 그때 벙어리 속에는 몇 푼이나 되는지는 모르겠으나 고 은화들이 꽤 들어 있었다.

나는 내가 지구 위에 살며 내가 이렇게 살고 있는 지구가 질풍신뢰•의 속력으로 광대무변•의 공간을 달리고 있다는 것을 생각했을 때 참 허망하였다. 나는 이렇게 부지런한 지구 위에서는 현기증도 날 것 같고 해서 한시바삐 내려 버리고 싶었다.

이불 속에서 이런 생각을 하고 난 뒤에는 나는 고 은화를

기원 … 바라는 일이 이루어지기를 빎.

틈사구니 … '틈바구니'의 사투리.

질풍신뢰 … 심한 바람과 번개라는 뜻으로 빠르고 심하게 변하는 상태를 이르는 말.

광대무변 … 넓고 커서 끝이 없음.

고 벙어리에 넣고 넣고 하는 것조차도 귀찮아졌다. 나는 아내가 손수 벙어리를 사용하였으면 하고 희망하였다. 벙어리도 돈도 사실에는 아내에게만 필요한 것이지 내게는 애초부터 의미가 전연 없는 것이었으니까 될 수만 있으면 그 벙어리를 아내는 아내 방으로 가져갔으면 하고 기다렸다. 그러나 아내는 가져가지 않는다. 나는 내 아내 방으로 가져다 둘까 하고 생각하여 보았으나 그 즈음에는 아내의 내객이 원체 많아서 내가 아내 방에 가 볼 기회가 도무지 없었다. 그래서 나는 하는 수 없이 변소에 갖다 집어넣어 버리고 만 것이다.

나는 서글픈 마음으로 아내의 꾸지람을 기다렸다. 그러나 아내는 끝내 아무 말도 나에게 묻지도 하지도 않았다. 않았을 뿐 아니라 여전히 돈은 돈대로 내 머리맡에 놓고 가지 않나? 내 머리맡에는 어느덧 은화가 꽤 많이 모였다.

내객이 아내에게 돈을 놓고 가는 것이나 아내가 내게 돈을 놓고 가는 것이나 일종의 쾌감—그 외의 다른 아무런 이유도 없는 것이 아닐까 하는 것을 나는 또 이불 속에서 연구하기 시작하였다. 쾌감이라면 어떤 종류의 쾌감일까를 계속하여 연구하였다. 그러나 그것은 이불 속의 연구로는 알 길이 없었

다. 쾌감 쾌감, 하고 나는 뜻밖에도 이 문제에 대해서만 홍미를 느꼈다.

아내는 물론 나를 늘 감금하여 두다시피 하여 왔다. 내게 불평이 있을 리 없다. 그런 중에도 나는 그 쾌감이라는 것의 유무를 체험하고 싶었다.

나는 아내의 밤 외출 틈을 타서 밖으로 나왔다. 나는 거리에서 잊어버리지 않고 가지고 나온 은화를 지폐로 바꾼다. 5원이나 된다. 그것을 주머니에 넣고 나는 목적을 잃어버리기 위하여 얼마든지 거리를 쏘다녔다. 오래간만에 보는 거리는 거의 경이에 가까울 만치 내 신경을 흥분시키지 않고는 마지않았다. 나는 금시에 피곤하여 버렸다. 그러나 나는 참았다. 그리고 밤이 이슥하도록 까닭을 잊어버린 채 이 거리 저 거리로 지향● 없이 헤매었다. 돈은 물론 한 푼도 쓰지 않았다. 돈을 쓸 아무 엄두도 나서지 않았다. 나는 벌써 돈을 쓰는 기능을 완전히 상실한 것 같았다.

'나'의 외출

어두침침한 방 안에서 갇혀 지내듯 했던 '나'는 외출을 시도해요. 이것은 더 이상 아내에게 '닭이나 강아지처럼' 종속되지 않고 자신의 진정한 자아를 찾으려는 행동이라고 볼 수 있어요. 다시 말해, 억압에서 벗어나 사회로 돌아가 정상적인 삶을 되찾으려 노력한다는 거예요. 그렇지만 '나'는 마음대로 집 안을 들락날락하지 못하고 자정 이후가 되어서야 집에 들어갈 수 있어요. 결국 시간조차 '나'는 '아내'에게 통제되고 있는 거예요.

지향 … 작정하거나 지정한 방향.

나는 과연 피로를 이 이상 견디기가 어려웠다. 나는 가까스로 내 집을 찾았다. 나는 내 방으로 가려면 아내 방을 통과하지 아니하면 안 될 것을 알고 아내에게 내객이 있나 없나를 걱정하면서 미닫이 앞에서 좀 거북살스럽게 기침을 한번 했더니 이것은 참 또 너무 암상스럽게 미닫이가 열리면서 아내의 얼굴과 그 등 뒤에 낯선 남자의 얼굴이 이쪽을 내다보는 것이다. 나는 별안간 내어 쏟아지는 불빛에 눈이 부셔서 좀 머뭇머뭇했다.

나는 아내의 눈초리를 못 본 것은 아니다. 그러나 나는 모른 체하는 수밖에 없었다. 왜? 나는 어쨌든 아내의 방을 통과하지 아니하면 안 되니까…….

나는 이불을 뒤집어썼다. 무엇보다도 다리가 아파서 견딜 수가 없었다. 이불 속에서는 가슴이 울렁거리면서 암만해도 까무러칠 것만 같았다. 걸을 때는 몰랐더니 숨이 차다. 등에 식은땀이 쭉 내배인다. 나는 외출한 것을 후회하였다. 이런 피로를 잊고 어서 잠이 들었으면 좋겠다. 한잠 잘 자고 싶었다.

얼마 동안이나 비스듬히 엎드려 있었더니 차츰차츰 뚝딱거리는 가슴 동기(動氣)•가 가라앉는다. 그만해도 우선 살 것 같았다. 나는 몸을 돌쳐 반듯이 천장을 향하여 눕고 쭉 다리

동기 … 심장의 고동이 심하여 가슴이 울렁거리는 일.

를 뻗었다.

그러나 나는 또다시 가슴의 동기를 피할 수 없게 되었다. 아랫방에서 아내와 그 남자의 내 귀에도 들리지 않을 만치 옅은 목소리로 소곤거리는 기척이 장지 틈으로 전하여 왔던 것이다. 청각을 더 예민하게 하기 위하여 나는 눈을 떴다. 그리고 숨을 죽였다. 그러나 그때는 벌써 아내와 남자는 앉았던 자리를 툭툭 털며 일어섰고 일어서면서 옷과 모자 쓰는 기척이 나는 듯하더니 이어 미닫이가 열리고 구두 뒤축 소리가 나고 그리고 뜰에 내려서는 소리가 쿵 하고 나면서 뒤를 따르는 아내의 고무신 소리가 두어 발자국 찍찍 나고 사뿐사뿐 나나 하는 사이에 두 사람의 발소리가 대문간 쪽으로 사라졌다.

나는 아내의 이런 태도를 본 일이 없다. 아내는 어떤 사람과도 결코 소곤거리는 법이 없다. 나는 윗방에서 이불을 쓰고 누웠는 동안에도 혹 술이 취해서 혀가 잘 돌아가지 않는 내객들의 담화는 더러 놓치는 수가 있어도 아내의 높지도 얕지도 않은 말소리를 일찍이 한 마디도 놓쳐 본 일이 없다. 더러 내 귀에 거슬리는 소리가 있어도 나는 그것이 태연한 목소리로 내 귀에 들렸다는 이유로 충분히 안심이 되었다.

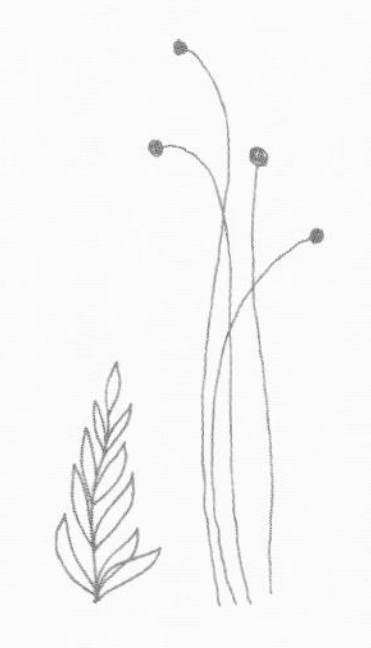

그렇던 아내의 이런 태도는 필시 그 속에 여간하지 않은 사

정이 있는 듯싶이 생각이 되고 내 마음은 좀 서운했으나 그러나 그보다도 나는 좀 너무 피곤해서 오늘만은 이불 속에서 아무것도 연구치 않기로 굳게 결심하고 잠을 기다렸다. 잠음 좀처럼 오지 않았다. 대문간에 나간 아내도 좀처럼 들어오지 않았다. 그러는 동안에 흐지부지 나는 잠이 들어 버렸다. 꿈이 얼쑹덜쑹 종을 잡을 수 없는 거리의 풍경을 여전히 헤맸다.

나는 몹시 흔들렸다. 내객을 보내고 들어온 아내가 잠든 나를 잡아 흔드는 것이다. 나는 눈을 번쩍 뜨고 아내의 얼굴을 쳐다보았다. 아내의 얼굴에는 웃음이 없다. 나는 좀 눈을 비비고 아내의 얼굴을 자세히 보았다. 노기가 눈초리에 떠서 얇은 입술이 바르르 떨린다. 좀처럼 이 노기가 풀리기는 어려울 것 같았다. 나는 그대로 눈을 감아 버렸다. 벼락이 내리기를 기다린 것이다. 그러나 쌔근 하는 숨소리가 나면서 푸시시 아내의 치맛자락 소리가 나고 장지가 여닫히며 아내는 아내 방으로 돌아갔다. 나는 다시 몸을 돌쳐 이불을 뒤집어쓰고는 개구리처럼 엎드리고, 엎드려서 배가 고픈 가운데서도 오늘 밤의 외출을 또 한 번 후회하였다.

나는 이불 속에서 아내에게 사죄하였다. 그것은 네 오해라고…….

나는 사실 밤이 퍽으나 이슥한 줄만 알았던 것이다. 그것이 네 말마따나 자정• 전인 줄은 나는 정말이지 꿈에도 몰랐다. 나는 너무 피곤하였었다. 오래간만에 나는 너무 많이 걸은 것이 잘못이다. 내 잘못이라면 잘못은 그것밖에는 없다. 외출은 왜 하였느냐고?

나는 그 머리맡에 저절로 모인 5원 돈을 아무에게라도 좋으니 주어 보고 싶었던 것이다. 그뿐이다. 그러나 그것도 내 잘못이라면 나는 그렇게 알겠다. 나는 후회하고 있지 않나?

내가 그 5원 돈을 써 버릴 수가 있었던들 나는 자정 안에 집에 돌아올 수 없었을 것이다. 그러나 거리는 너무 복잡하였고 사람은 너무도 들끓었다. 나는 어느 사람을 붙들고 그 5원 돈을 내주어야 할지 갈피를 잡을 수가 없었다. 그러는 동안에 나는 여지없이 피곤해 버리고 말았던 것이다.

나는 무엇보다도 좀 쉬고 싶었다. 눕고 싶었다. 그래서 나는 하는 수 없이 집으로 돌아온 것이다. 내 짐작 같아서는 밤이 어지간히 늦은 줄만 알았는데 그것이 불행히도 자정 전이었다는 것은 참 안된 일이다. 미안한 일이다. 나는 얼마든지

자정 … 밤 열두 시.

사죄하여도 좋다. 그러나 종시● 아내의 오해를 풀지 못하였다 하면 내가 이렇게까지 사죄하는 보람은 그럼 어디 있나? 한심하였다.

한 시간 동안을 나는 이렇게 초조하게 굴지 않으면 안 되었다. 나는 이불을 홱 젖혀 버리고 일어나서 장지를 열고 아내 방으로 비칠비칠 달려갔던 것이다. 내게는 거의 의식이라는 것이 없었다. 나는 아내 이불 위에 엎드러지면서 바지 포켓 속에서 그 돈 5원을 꺼내 아내 손에 쥐어 준 것을 간신히 기억할 뿐이다.

이튿날 잠이 깨었을 때 나는 내 아내 방 아내 이불 속에 있었다. 이것이 이 33번지에서 살기 시작한 이래 내가 아내 방에서 잔 맨 처음이었다.

해가 들창에 훨씬 높았는데 아내는 이미 외출하고 벌써 내 곁에 있지는 않다. 아니! 아내는 엊저녁 내가 의식을 잃은 동안에 외출한 것인지도 모른다. 그러나 나는 그런 것을 조사하고 싶지 않았다. 다만 전신이 찌뿌드드한 것이 손가락 하나 꼼짝할 힘조차 없었다. 책보보다 좀 작은 면적의 볕이 눈이 부시다. 그 속에서 수많은 먼지가 흡사 미생물처럼 난무한다. 코가 칵 막히는 것 같다. 나는 다시 눈을 감고 이불을 푹 뒤집

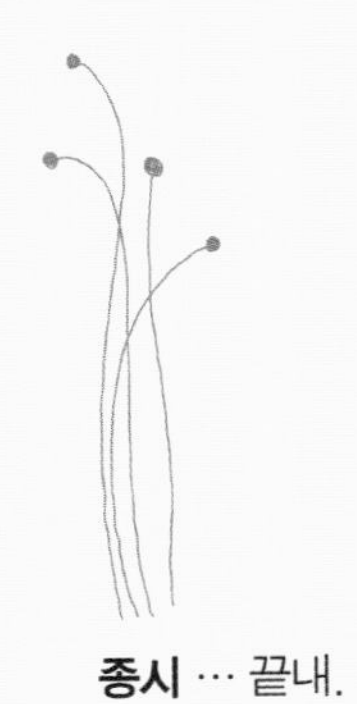

종시 … 끝내.

어쓰고 낮잠을 자기에 착수하였다. 그러나 코를 스치는 아내의 체취는 꽤 도발적이었다. 나는 몸을 여러 번 여러 번 비비 꼬면서 아내의 화장대에 늘어선 고 가지각색 화장품 병들과 고 병들의 마개를 뽑았을 때 풍기던 내음새를 더듬느라고 좀처럼 잠은 들지 않는 것을 나는 어찌하는 수도 없었다.

견디다 못하여 나는 그만 이불을 걷어차고 벌떡 일어나서 내 방으로 갔다. 내 방에는 다 식어 빠진 내 끼니가 가지런히 놓여 있는 것이다. 아내는 내 모이를 여기다 주고 나간 것이다. 나는 우선 배가 고팠다. 한 숟갈을 입에 떠넣었을 때 그 촉감이 너무도 냉회와 같이 써늘하였다. 나는 숟갈을 놓고 내 이불 속으로 들어갔다. 하룻밤을 비워 버린 내 이부자리는 여전히 반갑게 나를 맞아 준다. 나는 내 이불을 뒤집어쓰고 이번에는 참 늘어지게 한잠 잤다. 잘—.

내가 잠을 깬 것은 전등이 켜진 뒤다. 그러나 아내는 아직도 돌아오지 않았나 보다. 아니! 들어왔다 또 나갔는지도 알 수 없다. 그러나 그런 것을 삼고•하여 무엇하나?

정신이 한결 난다. 나는 지난밤 일을 생각해 보았다. 그 돈 5원을 아내 손에 쥐어 주고 넘어졌을 때에 느낄 수 있었던 쾌

삼고 … 세 번 생각함. 여러 번 생각함.

감을 나는 무엇이라고 설명할 수가 없었다. 그러니 내객들이 내 아내에게 돈 놓고 가는 심리며 내 아내가 내게 돈 놓고 가는 심리의 비밀을 나는 알아낸 것 같아서 여간 즐거운 것이 아니다. 나는 속으로 빙그레 웃어 보았다. 이런 것을 모르고 오늘까지 지내 온 나 자신이 어떻게 우스꽝스러워 보이는지 몰랐다. 나는 어깨춤이 났다.

따라서 나는 또 오늘 밤에도 외출하고 싶었다. 그러나 돈이 없다. 나는 엊저녁에 그 돈 5원을 한꺼번에 아내에게 주어 버린 것을 후회하였다. 또 고 벙어리를 변소에 갖다 처넣어 버린 것도 후회하였다. 나는 실없이 실망하면서 습관처럼 그 돈이 들어 있던 내 바지 포켓에 손을 넣어 한번 휘둘러보았다. 뜻밖에도 내 손에 쥐어지는 것이 있었다. 2원밖에 없다. 그러나 많아야 맛은 아니다. 얼마간이고 있으면 된다. 나는 그만한 것이 여간 고마운 것이 아니었다.

나는 기운을 얻었다. 나는 그 단벌 다 떨어진 코르덴 양복을 걸치고 배고픈 것도 주제 사나운 것도 다 잊어버리고 활갯짓을 하면서 또 거리로 나섰다. 나서면서 나는 제발 시간이 화살 닫듯• 해서 자정이 어서 홱 지나 버렸으면 하고 조바심을 태웠다. 아내에게 돈을 주고 아내 방에서 자 보는 것은 어

닫다 … 빨리 뛰어가다.

디까지든지 좋았지만 만일 잘못해서 자정 전에 집에 들어갔다가 아내의 눈총을 맞는 것은 그것은 여간 무서운 일이 아니었다. 나는 저물도록 길가 시계를 들여다보고 들여다보고 하면서 또 지향 없이 거리를 방황하였다. 그러나 이날은 좀처럼 피곤하지는 않았다. 다만 시간이 좀 너무 더디게 가는 것만 같아서 안타까웠다.

경성역 시계가 확실히 자정을 지난 것을 본 뒤에 나는 집을 향하였다. 그날은 그 일각대문에서 아내와 아내의 남자가 이야기하고 섰는 것을 만났다. 나는 모른 체하고 두 사람 곁을 지나서 내 방으로 들어갔다. 뒤이어 아내도 들어왔다. 와서는 이 밤중에 평생 안 하던 쓰레질을 하는 것이다. 조금 있다가 아내가 눕는 기척을 엿듣자마자 나는

작가의 의도에 따른 소설의 구분

소설은 다양한 방법으로 갈래를 나눌 수 있어요. 그중 작가의 의도에 따라서 '순수 소설', '목적 소설', '대중 소설' 등으로 나누기도 해요. '순수 소설'은 예술성을 최우선으로 추구하는 소설 작품을 말해요. 예술적 아름다움이나 문학적 가치 외에는 어떤 목적도 거부하는 소설로, '본격 소설'이라고도 불러요. '목적 소설'은 작품을 통하여 독자에게 어떤 교훈이나 도움을 주려는 의도가 강하게 담긴 소설을 말해요. '대중 소설'은 독자에게 흥미나 즐거움을 주기 위한 소설이에요. 문학적인 가치, 예술적 아름다움은 무시하고 남녀의 사랑 등 독자가 좋아할 만한 대상을 소재로 삼아요. '통속 소설'이라고도 불러요. 이와 같은 구분에서 본다면 이상의 「날개」는 순수 소설에 해당한다고 볼 수 있어요.

또 장지를 열고 아내 방으로 가서 그 돈 2원을 아내 손에 덥석 쥐어 주고 그리고—하여간 2원을 오늘 밤에도 쓰지 않고 도로 가져온 것이 참 이상하다는 듯이 아내는 내 얼굴을 몇 번 이고 엿보고—아내는 드디어 아무 말도 없이 나를 자기 방에 재워 주었다. 나는 이 기쁨을 세상의 무엇과도 바꾸고 싶지는 않았다. 나는 편히 잘 잤다.

이튿날도 내가 잠이 깨었을 때는 아내는 보이지 않았다. 나는 또 내 방으로 가서 피곤한 몸이 낮잠을 잤다.

내가 아내에게 흔들려 깨었을 때는 역시 불이 들어온 뒤였다. 아내는 자기 방으로 나를 오라는 것이다. 이런 일은 또 처음이다. 아내는 끊임없이 얼굴에 미소를 띠고 내 팔을 이끄는 것이다. 나는 이런 아내의 태도 이면에 엔간치• 않은 음모가 숨어 있지나 않은가 하고 적이 불안을 느끼지 않을 수 없었다.

나는 아내의 하자는 대로 아내 방으로 끌려갔다. 아내 방에는 저녁 밥상이 조촐하게 차려져 있는 것이다. 생각하여 보면 나는 이틀을 굶었다. 나는 지금 배고픈 것까지도 긴가민가 잊어버리고 어름어름하던 차다.

엔간치 … 어지간히. 정도껏.

나는 생각하였다. 이 최후의 만찬을 먹고 나자마자 벼락이 내려도 나는 차라리 후회하지 않을 것을. 사실 나는 인간 세상이 너무나 심심해서 못 견디겠던 차다. 모든 일이 성가시고 귀찮았으나 그러나 불의의 재난이라는 것은 즐거웁다.

나는 마음을 턱 놓고 조용히 아내와 마주 이 해괴한 저녁밥을 먹었다. 우리 부부는 이야기하는 법이 없었다. 밥을 먹은 뒤에도 나는 말이 없이 그냥 부스스 일어나서 내 방으로 건너가 버렸다. 아내는 나를 붙잡지 않았다. 나는 벽에 기대어 앉아서 담배를 한 대 피워 물고 그리고 벼락이 떨어질 테거든 어서 떨어져라 하고 기다렸다.

5분! 10분!

그러나 벼락은 내리지 않았다. 긴장이 차츰 늘어지기 시작한다. 나는 어느덧 오늘 밤에도 외출할 것을 생각하고 있었다. 돈이 있었으면 하고 생각하고 있었다.

그러나 돈은 확실히 없다. 오늘은 외출하여도 나중에 올 무슨 기쁨이 있나. 나는 앞이 그냥 아뜩하였다. 나는 화가 나서 이불을 뒤집어쓰고 이리 뒹굴 저리 뒹굴 굴렀다. 금시• 먹은 밥이 목으로 자꾸 치밀어 올라온다. 메스꺼웠다.

하늘에서 얼마라도 좋으니 왜 지폐가 소낙비처럼 퍼붓지 않나, 그것이 그저 한없이 야속하고 슬펐다. 나는 이렇게밖에

금시 … 바로 지금.

돈을 구하는 아무런 방법도 알지는 못했다. 나는 이불 속에서 좀 울었나 보다. 돈이 왜 없냐면서…….

그랬더니 아내가 또 내 방에를 왔다. 나는 깜짝 놀라 아마 인제서야 벼락이 내리려나 보다 하고 숨을 죽이고 두꺼비 모양으로 엎디어 있었다. 그러나 떨어진 입을 새어 나오는 아내의 말소리는 참 부드러웠다. 정다웠다. 아내는 왜 내가 우는지를 안다는 것이다. 돈이 없어서 그러는 게 아니냔다. 나는 실없이 깜짝 놀랐다. 어떻게 저렇게 사람의 속을 환—하게 들여다보는구 해서 나는 한편으로 슬그머니 겁도 안 나는 것은 아니었으나 저렇게 말하는 것을 보면 아마 내게 돈을 줄 생각이 있나 보다, 만일 그렇다면 오죽이나 좋은 일일까. 나는 이불 속에서 뚤뚤 말린 채 고개도 들지 않고 아내의 다음 거동•을 기다리고 있으니까, 옛소—하고 내 머리맡에 내려뜨리는 것은 그 가뿐한 음향으로 보아 지폐에 틀림없었다. 그리고 내 귀에다 대고, 오늘일랑 어제보다 좀 더 늦게 들어와도 좋다고 속삭이는 것이다. 그것은 어렵지 않다. 우선 그 돈이 무엇보다도 고맙고 반가웠다.

어쨌든 나섰다. 나는 좀 야맹증•이다. 그래서 될 수 있는 대로 밝은 거리를 골라서 돌아다니기로 했다. 그리고는 경성역

거동 … 몸을 움직임.

야맹증 … 밤에는 사물이 잘 보이지 아니하는 증상.

일이등 대합실 한 곁 티룸•에를 들렀다. 그것은 내게는 큰 발견이었다. 거기는 우선 아무도 아는 사람이 안 온다. 설사 왔다가도 곧 가니까 좋다. 나는 날마다 여기 와서 시간을 보내리라 속으로 생각하여 두었다.

제일 여기 시계가 어느 시계보다도 정확하리라는 것이 좋았다. 섣불리 서투른 시계를 보고 그것을 믿고 시간 전에 집에 돌아갔다가 큰 코를 다쳐서는 안 된다.

나는 한 부스에 아무것도 없는 것과 마주 앉아서 잘 끓는 커피를 마셨다. 총총한 가운데 여객들은 그래도 한 잔 커피가 즐거운가 보다. 얼른얼른 마시고 무얼 좀 생각하는 것 같이 담벼락도 좀 쳐다보고 하다가 곧 나가 버린다. 서글프다. 그러나 내게는 이 서글픈 분위기가 거리의 티룸들의 그 거추장스러운 분위기보다는 절실하고 마음에 들었다. 이따금 들리는 날카로운 혹은 우렁찬 기적 소리가 모차르트보다도 더 가깝다. 나는 메뉴에 적힌 몇 가지 안 되는 음식 이름을 치읽고 내리읽고 여러 번 읽었다. 그것들은 아물아물한 것이 어딘가 내 어렸을 때 동무들 이름과 비슷한 데가 있었다.

거기서 얼마나 내가 오래 앉았는지 정신이 오락가락하는 중에, 객이 슬며시 뜸해지면서 이 구석 저 구석 걷어치우기 시

티룸 … 다방. 카페.

이상의 또 다른 작품, 「오감도」

이상의 단편 소설 「날개」만큼 유명한 시로는 「오감도」가 있어요. 「오감도」는 1934년 7월 24일부터 8월 8일까지 〈조선중앙일보〉에 연재된 연작시로 전체 열다섯 편으로 이루어져 있어요. 「오감도」는 어떤 생각이나 정서를 간결한 언어로 표현한다는 고정관념을 무너뜨린 난해한 작품이었어요. 그래서 이 작품을 이해하지 못한 당시 독자들의 항의로 연재가 중단될 만큼 당시로서는 매우 파격적이고 난해한 시였어요. 원래 제목은 「조감도」인데 한자가 잘못되어 「오감도」로 알려졌다는 이야기도 있어요.

작하는 것을 보며 아마 닫을 시간이 된 모양이다. 열한 시가 좀 지났구나, 여기도 결코 내 안주•의 곳은 아니구나, 어디 가서 자정을 넘길까, 두루 걱정을 하면서 나는 밖으로 나섰다. 비가 온다. 빗발이 제법 굵은 것이 우비도 우산도 없는 나를 고생을 시킬 작정이다. 그렇다고 이런 괴이한 풍모•를 차리고 이 홀에서 어물어물하는 수는 없고, 에이 비를 맞으면 맞았지 하고 나는 그냥 나서 버렸다.

대단히 선선해서 견딜 수가 없다. 코르덴 옷이 젖기 시작하더니 나중에는 속속들이 스며들면서 처근거린다. 비를 맞아 가면서라도 견딜 수 있는 데까지 거리를 돌아다녀서 시간을 보내려 하였으나 인제는 선선해서 이 이상은 더 견딜 수가 없다. 오한이 자꾸 일어나면서 이가 딱딱 맞부딪는다.

나는 걸음을 재우치면서 생각하였다. 오늘 같은 궂은 날도 아내에게 내객이 있을라구, 없겠지, 하는 생각이 드는 것이

안주 … 한곳에 자리를 잡고 편안히 삶.

풍모 … 드러나 보이는 사람의 겉모양과 용모를 아울러 이름.

다. 집으로 가야겠다. 아내에게 불행히 내객이 있거든 내 사정을 하리라. 사정을 하면 이렇게 비가 오는 것을 눈으로 보고 알아주겠지.

부리나케 와 보니까 그러나 아내에게는 내객이 있었다. 나는 그만 너무 춥고 척척해서 얼떨김에 노크하는 것을 잊었다. 그래서 나는 보면 아내가 좀 덜 좋아할 것을 그만 보았다. 나는 감발 자국 같은 발자국을 내면서 덤벙덤벙 아내 방을 디디고 그리고 내 방으로 가서 쭉 빠진 옷을 활활 벗어 버리고 이불을 뒤썼다. 덜덜덜덜 떨린다. 오한이 점점 더 심해 들어온다. 여전 땅이 꺼져 들어가는 것만 같았다. 나는 그만 의식을 잃어버리고 말았다.

이튿날 내가 눈을 떴을 때 아내는 내 머리맡에 앉아서 제법 근심스러운 얼굴이다. 나는 감기가 들었다. 여전히 으스스 춥고 또 골치가 아프고 입에 군침이 도는 것이 씁쓸하면서 다리 팔이 척 늘어져서 노곤하다.

아내는 내 머리를 쓱 짚어 보더니 약을 먹어야지 한다. 아내 손이 이마에 선뜩한 것을 보면 신열이 어지간한 모양인데, 약을 먹는다면 해열제를 먹어야지 하고 속생각을 하자니까 아내는 따뜻한 물에 하얀 정제• 약 네 개를 준다. 이것을 먹

정제 … 가루나 약을 뭉쳐서 눌러 둥글넓적한 원판이나 원뿔 모양으로 만든 약제.

고 한잠 푹— 자고 나면 괜찮다는 것이다. 나는 널름 받아먹었다. 쌉싸름한 것이 짐작 같아서는 아마 아스피린인가 싶다. 나는 다시 이불을 쓰고 단번에 그냥 죽은 것처럼 잠이 들어버렸다.

나는 콧물을 훌쩍훌쩍하면서 여러 날을 앓았다. 앓는 동안에 끊이지 않고 그 정제 약을 먹었다. 그러는 동안에 감기도 나았다. 그러나 입맛은 여전히 소태처럼 썼다.

나는 차츰 또 외출하고 싶은 생각이 났다. 그러나 아내는 나더러 외출하지 말라고 이르는 것이다. 이 약을 날마다 먹고 그리고 가만히 누워 있으라는 것이다. 공연히 외출을 하다가 이렇게 감기가 들어서 저를 고생을 시키는 게 아니냔다. 그도 그렇다. 그럼 외출을 하지 않겠다고 맹세하고 그 약을 연복(連服)•하여 몸을 좀 보해 보리라고 나는 생각하였다.

나는 날마다 이불을 뒤집어쓰고 밤이나 낮이나 잤다. 유난스럽게 밤이나 낮이나 졸려서 견딜 수가 없는 것이다. 나는 이렇게 잠이 자꾸만 오는 것은 내가 몸이 훨씬 튼튼해진 증거라고 굳게 믿었다.

나는 아마 한 달이나 이렇게 지냈다 보다. 내 머리와 수염이 좀 너무 자라서 후틋해서• 견딜 수가 없어서 내 거울을 좀

연복 … 약을 일정한 기간 동안 계속하여 복용함.

후틋하다 … 후터분하다. 불쾌할 정도로 무더운 기운이 있다.

보리라고 아내가 외출한 틈을 타서 나는 아내 방으로 가서 아내의 화장대 앞에 앉아 보았다. 상당하다. 수염과 머리가 참 산란하였다. 오늘은 이발을 좀 하리라 생각하고 겸사겸사 고 화장품 병들 마개를 뽑고 이것저것 맡아 보았다. 한동안 잊어버렸던 향기 가운데서는 몸이 배배 꼬일 것 같은 체취가 전해 나왔다. 나는 아내의 이름을 속으로만 한 번 불러 보았다. '연심(蓮心)이' 하고…….

오래간만에 돋보기 장난도 하였다. 거울 장난도 하였다. 창에 든 볕이 여간 따뜻한 것이 아니었다. 생각하면 5월이 아니냐.

나는 커다랗게 기지개를 한번 켜 보고 아내 베개를 내려 베고 벌떡 자빠져서는 이렇게도 편안하고도 즐거운 세월을 하느님께 흠씬 자랑하여 주고 싶었다. 나는 참 세상의 아무것과도 교섭●을 가지지 않는다. 하느님도 아마 나를 칭찬할 수도 처벌할 수도 없는 것 같다.

그러나 다음 순간, 실로 세상에도 이상스러운 것이 눈에 띄었다. 그것은 최면● 약 아달린 갑이었다. 나는 그것을 아내의 화장대 밑에서 발견하고 그것이 흡사 아스피린처럼 생겼다고 느꼈다. 나는 그것을 열어 보았다. 똑 네 개가 비었다.

교섭 … 어떤 일을 이루기 위하여 서로 의논하고 절충함.

최면 … 잠이 들게 함.

나는 오늘 아침에 네 개의 아스피린을 먹은 것을 기억하고 있었다. 나는 잤다. 어제도 그제도 그끄제도―나는 졸려서 견딜 수가 없었다. 나는 감기가 다 나았는데도 아내는 내게 아스피린을 주었다. 내가 잠이 든 동안에 이웃에 불이 난 일이 있다. 그때에도 나는 자느라고 몰랐다. 이렇게 나는 잤다. 나는 아스피린으로 알고 그럼 한 달 동안을 두고 아달린을 먹어온 것이다. 이것은 좀 너무 심하다.

별안간 아뜩하더니 하마터면 나는 까무러칠 뻔하였다. 나는 그 아달린을 주머니에 넣고 집을 나섰다. 그리고 산을 찾아 올라갔다. 인간 세상의 아무것도 보기가 싫었던 것이다. 걸으면서 나는 아무쪼록 아내에게 관계되는 일은 일체 생각하지 않도록 노력하였다. 길에서 까무러치기 쉬우니까다. 나는 어디라도 양지가 바른 자리를 하나 골라서 자리를 잡아 가지고 서서히 아내에 관하여서 연구할 작정이었다. 나는 길가의 돌창•, 핀 구경도 못 한 진개나리꽃, 종달새, 돌멩이도 새끼를 까는 이야기, 이런 것만 생각하였다. 다행히 길가에서 나는 졸도•하지 않았다.

거기는 벤치가 있었다. 나는 거기 정좌하고 그리고 그 아스피린과 아달린에 관하여 연구하였다. 그러나 머리가 도무지

돌창 … 지저분하고 더러운도랑인 '도랑창'의 준말.

졸도 … 갑자기 정신을 잃고 쓰러지는 일.

혼란하여 생각이 체계를 이루지 않는다. 단 5분이 못 가서 나는 그만 귀찮은 생각이 번쩍 들면서 심술이 났다. 나는 주머니에서 가지고 온 아달린을 꺼내 남은 여섯 개를 한꺼번에 질겅질겅 씹어 먹어 버렸다. 맛이 익살맞다. 그리고 나서 나는 그 벤치 위에 가로 기다랗게 누웠다. 무슨 생각으로 내가 그따위 짓을 했나? 알 수가 없다. 그저 그러고 싶었다. 나는 게서• 그냥 깊이 잠이 들었다. 잠결에도 바위틈을 흐르는 물소리가 졸졸 하고 귀에 언제까지나 어렴풋이 들려왔다.

내가 잠을 깨었을 때는 날이 환—히 밝은 뒤다. 나는 거기서 일주야•를 잔 것이다. 풍경이 그냥 노—랗게 보인다. 그 속에서도 나는 번개처럼 아스피린과 아달린이 생각났다.

아스피린, 아달린, 아스피린, 아달린, 맑스•, 말사스•, 마도로스•, 아스피린, 아달린.

아내는 한 달 동안 아달린을 아스피린이라고 속이고 내게 먹였다. 그것은 아내 방에서 이 아달린 갑이 발견된 것으로 미루어 증거가 너무나 확실하다.

무슨 목적으로 아내는 나를 밤이나 낮이나 재웠어야 됐나?

나를 밤이나 낮이나 재워 놓고 그리고 아내는 내가 자는 동안에 무슨 짓을 했나?

게서 … '거기에서' 가 줄어든 말.

일주야 … 만 하루. 24시간을 이른다.

맑스 … 마르크스. 독일의 경제학자 · 정치학자 · 철학자.

말사스 … 맬서스. 영국의 경제학자.

마도로스 … 주로 외항선의 선원을 이르는 말.

나를 조금씩 조금씩 죽이려던 것일까?

그러나 또 생각하여 보면, 내가 한 달을 두고 먹어 온 것은 아스피린이었는지도 모른다. 아내는 무슨 근심되는 일이 있어서 밤이면 잠이 잘 오지 않아서 정작 아내가 아달린을 사용한 것이나 아닌지, 그렇다면 나는 참 미안하다. 나는 아내에게 이렇게 큰 의혹을 가졌다는 것이 참 안됐다.

나는 그래서 부리나케 거기서 내려왔다. 아랫도리가 홰홰 내어저이면서 어찔어찔한 것을 나는 겨우 집을 향하여 걸었다. 여덟 시 가까이였다.

나는 내 잘못된 생각을 죄다 일러바치고 아내에게 사죄하려는 것이다. 나는 너무 급해서 그만 또 말을 잊어버렸다.

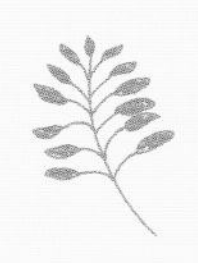

그랬더니 이것 참 너무 큰일 났다. 나는 내 눈으로 절대로 보아서 안 될 것을 그만 딱 보아 버리고 만 것이다. 나는 얼떨결에 그만 냉큼 미닫이를 닫고 그리고 현기증이 나는 것을 진정시키느라고 잠깐 고개를 숙이고 눈을 감고 기둥을 짚고 섰자니까 1초 여유도 없이 홱 미닫이가 다시 열리더니 매무새를 풀어헤친 아내가 불쑥 내밀면서 내 멱살을 잡는 것이다. 나는 그만 어지러워서 게서 그냥 나동그라졌다. 그랬더니 아내는 넘어진 내 위에 덮치면서 내 살을 함부로 물어뜯는 것이다.

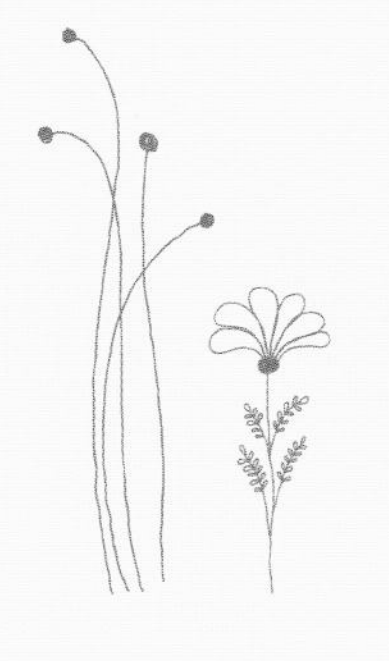

아파 죽겠다. 나는 사실 반항할 의사도 힘도 없어서 그냥 넙죽 엎디어 있으면서 어떻게 되나 보고 있자니까 뒤이어 남자가 나오는 것 같더니 아내를 한 아름에 덥석 안아 가지고 방으로 들어가는 것이다. 아내는 아무 말 없이 다소곳이 그렇게 안겨 들어가는 것이 내 눈에 여간 미운 것이 아니다. 밉다.

아내는 너 밤새워 가면서 도둑질하러 다니느냐, 계집질하러 다니느냐고 발악이다. 이것은 참 너무 억울하다. 나는 어안이 벙벙하여 도무지 입이 떨어지지를 않았다.

너는 그야말로 나를 살해하려던 것이 아니냐고 소리를 한번 꽥 질러 보고도 싶었으나 그런 긴가민가한 소리를 섣불리 입 밖에 내었다가는 무슨 화를 볼는지 알 수 있나. 차라리 억울하지만 잠자코 있는 것이 우선 상책일 듯싶이 생각이 들길래 나는 이것은 또 무슨 생각으로 그랬는지 모르지만 툭툭 털고 일어나서 내 바지 포켓 속에 남은 돈 몇 원 몇십 전을 가만히 꺼내서는 몰래 미닫이를 열고 살며시 문지방 밑에다 놓고 나서는 그냥 줄달음박질을 쳐서 나와 버렸다.

여러 번 자동차에 치일 뻔하면서 나는 그대로 경성역을 찾아갔다. 빈자리와 마주 앉아서 이 쓰디쓴 입맛을 거두기 위하

여 무엇으로나 입가심을 하고 싶었다.

커피. 좋다. 그러나 경성역 홀에 한 걸음을 들여놓았을 때 나는 내 주머니에는 돈이 한 푼도 없는 것을, 그것을 깜빡 잊었던 것을 깨달았다. 또 아뜩하였다. 나는 어디선가 그저 맥없이 머뭇머뭇하면서 어쩔 줄을 모를 뿐이었다. 얼빠진 사람처럼 그저 이리 갔다 저리 갔다 하면서…….

나는 어디로 어디로 들입다• 쏘다녔는지 하나도 모른다. 다만 몇 시간 후에 내가 미쓰꼬시• 옥상에 있는 것을 깨달았을 때는 거의 대낮이었다.

나는 거기 아무 데나 주저앉아서 내 자라 온 스물여섯 해를 회고하여 보았다. 몽롱한 기억 속에서는 이렇다는 아무 제목도 불그러져 나오지 않았다.

나는 또 나 자신에게 물어보았다. 너는 인생에 무슨 욕심이 있느냐고. 그러나 있다고도 없다고도, 그런 대답은 하기 싫었다. 나는 거의 나 자신의 존재를 인식하기조차도 어려웠다.

허리를 굽혀서 나는 그저 금붕어나 들여다보고 있었다. 금붕어는 참 잘들도 생겼다. 작은 놈은 작은 놈대로 큰 놈은 큰 놈대로 다 싱싱하니 보기 좋았다. 내리비치는 오월 햇살에 금붕어들은 그릇 바탕에 그림자를 내려뜨렸다. 지느러미는 하

들입다 … 세차게 마구.

미쓰꼬시 … 일제 강점기 때 서울에 있었던 백화점 이름. 지금의 신세계 백화점 건물.

늘하늘 손수건을 흔드는 흉내를 낸다. 나는 이 지느러미 수효를 헤어 보기도 하면서 굽힌 허리를 좀처럼 펴지 않았다. 등허리가 따뜻하다.

나는 또 회탁•의 거리를 내려다보았다. 거기서는 피곤한 생활이 똑 금붕어 지느러미처럼 흐늑흐늑 허비적거렸다. 눈에 보이지 않는 끈적끈적한 줄에 엉켜서 헤어나지들을 못한다. 나는 피로와 공복 때문에 무너져 들어가는 몸뚱이를 끌고 그 회탁의 거리 속으로 섞여 들어가지 않는 수도 없다 생각하였다.

나서서 나는 또 문득 생각하여 보았다. 이 발길이 지금 어디로 향하여 가는 것인가를…….

그때 내 눈앞에는 아내의 모가지가 벼락처럼 내려 떨어졌다. 아스피린과 아달린.

우리들은 서로 오해하고 있느니라. 설마 아내가 아스피린 대신에 아달린 정량•을 나에게 먹여 왔을까? 나는 그것을 믿을 수가 없다. 아내가 대체 그럴 까닭이 없을 것이니 그러면 나는 날밤을 새면서 도적질을, 계집질을 하였나? 정말이지 아니다.

우리 부부는 숙명적으로 발이 맞지 않는 절름발이인 것이

회탁 … 잿빛의 혼탁한.

정량 … 일정하게 정하여진 분량. 양을 헤아려 정함.

「날개」

「날개」는 자신의 진짜 자아를 찾고 싶어 하는 인간 내면의 모습을 보여 주고 있어요. 또한 자유롭고 능동적인 삶을 원하는 의지와 욕망을 나타내기도 해요. 「날개」의 결말 부분, 정오의 사이렌이 울리고 날아 보려는 '나'는 굴레에서의 해방 혹은 탈출로 진정한 자아를 확인하려는 강한 의지를 표현하고 있어요. 이렇듯 난해하고 이전 형식과는 다른 「날개」는 1930년대 모더니즘 소설의 으뜸이자 우리나라 최초의 심리주의 소설로 평가받고 있어요.

다. 내가 아내나 제 거동에 로직(논리)을 붙일 필요는 없다. 변해(辯解)•할 필요도 없다. 사실은 사실대로 오해는 오해대로 그저 끝없이 발을 절뚝거리면서 세상을 걸어가면 되는 것이다. 그렇지 않을까?

그러나 나는 이 발길이 아내에게로 돌아가야 옳은가 이것만은 분간하기가 좀 어려웠다. 가야 하나? 그럼 어디로 가나?

이때 뚜— 하고 정오 사이렌이 울렸다. 사람들은 모두 네 활개를 펴고 닭처럼 푸드덕거리는 것 같고 온갖 유리와 강철과 대리석과 지폐와 잉크가 부글부글 끓고 수선을 떨고 하는 것 같은 찰나, 그야말로 현란을 극한 정오다.

나는 불현듯이 겨드랑이가 가렵다. 아하 그것은 내 인공의 날개가 돋았던 자국이다. 오늘은 없는 이 날개, 머릿속에서는 희망과 야심의 말소•된 페이지가 딕셔너리(사전) 넘어가듯 번뜩였다.

변해 … 말로 풀어 자세히 밝힘.

말소 … 기록되어 있는 사실 따위를 지워서 아주 없애 버림.

나는 걷던 걸음을 멈추고 그리고 어디 한번 이렇게 외쳐 보고 싶었다.

날개야 다시 돋아라.

날자. 날자. 날자. 한 번만 더 날자꾸나.

한 번만 더 날아 보자꾸나.

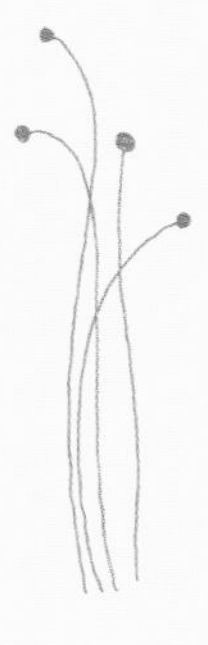

소나기

황순원

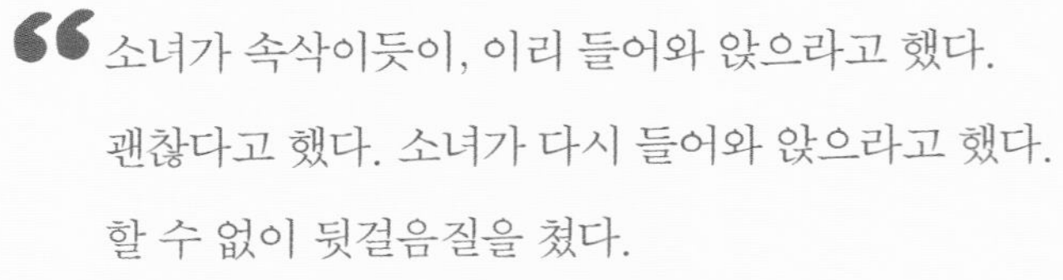

"소녀가 속삭이듯이, 이리 들어와 앉으라고 했다.
괜찮다고 했다. 소녀가 다시 들어와 앉으라고 했다.
할 수 없이 뒷걸음질을 쳤다.
그 바람에 소녀가 안고 있는 꽃묶음이 망그러졌다.
그러나 소녀는 상관없다고 생각했다.
비에 젖은 소년의 몸 내음새가 확 코에 끼얹어졌다.
그러나 고개를 돌리지 않았다.
도리어 소년의 몸기운으로 해서 떨리던 몸이
적이 누그러지는 느낌이었다."

소년은 개울가에서 소녀를 보자 곧 윤 초시네 증손녀(曾孫女)•딸이라는 걸 알 수 있었다. 소녀는 개울에다 손을 잠그고 물장난을 하고 있는 것이다. 서울서는 이런 개울물을 보지 못하기나 한 듯이.

벌써 며칠째 소녀는 학교서 돌아오는 길에 물장난이었다. 그런데 어제까지는 개울 기슭에서 하더니 오늘은 징검다리 한가운데 앉아서 하고 있다.

소년은 개울둑에 앉아 버렸다. 소녀가 비키기를 기다리자는 것이다.

요행 지나가는 사람이 있어 소녀가 길을 비켜 주었다.

다음 날은 좀 늦게 개울가로 나왔다.

이날은 소녀가 징검다리 한가운데 앉아 세수를 하고 있었다. 분홍 스웨터 소매를 걷어 올린 팔과 목덜미가 마냥 희었다.

한참 세수를 하고 나더니 이번에는 물속을 빤히 들여다본다. 얼굴이라도 비추어 보는 것이리라. 갑자기 물을 움켜 낸

증손녀 … 손자의 딸.

다. 고기새끼라도 지나가는 듯.

소녀는 소년이 개울둑에 앉아 있는 걸 아는지 모르는지 그냥 날쌔게 물만 움켜 낸다. 그러나 번번이 허탕이다. 그래도 재미있는 양, 자꾸 물만 움킨다. 어제처럼 개울을 건너는 사람이 있어야 길을 비킬 모양이다.

그러다가 소녀가 물속에서 무엇을 하나 집어낸다. 하얀 조약돌이었다. 그러고는 벌떡 일어나 팔짝팔짝 징검다리를 뛰어 건너간다.

다 건너가더니 홱 이리로 돌아서며,

"이 바보."

조약돌이 날아왔다.

소년은 저도 모르게 벌떡 일어섰다.

단발머리를 나풀거리며 소녀가 막 달린다. 갈밭 사잇길로 들어섰다. 뒤에는 청량한 가을 햇살 아래 빛나는 갈꽃뿐.

이제 저쯤 갈밭머리로 소녀가 나타나리라. 꽤 오랜 시간이 지났다고 생각했다. 그런데도 소녀는 나타나지 않는다. 발돋움을 했다. 그러고도 상당한 시간이 지났다고 생각됐다.

저쪽 갈밭머리에 갈꽃이 한 옴큼 움직였다. 소녀가 갈꽃을 안고 있었다. 그리고 이제는 천천한 걸음이었다. 유난히 맑은 가을 햇살이 소녀의 갈꽃머리에서 반짝거렸다. 소녀 아닌 갈꽃이 들길을 걸어가는 것만 같았다.

소년은 이 갈꽃이 아주 뵈지 않게 되기까지 그대로 서 있었다. 문득 소녀가 던진 조약돌을 내려다보았다. 물기가 걷혀 있었다. 소년은 조약돌을 집어 주머니에 넣었다.

다음 날부터 좀 더 늦게 개울가로 나왔다. 소녀의 그림자가 뵈지 않았다. 다행이었다.

그러나 이상한 일이었다. 소녀의 그림자가 뵈지 않는 날이 계속될수록 소년의 가슴 한구석에는 어딘가 허전함이 자리 잡는 것이었다. 주머니 속 조약돌을 주무르는 버릇이 생겼다.

그러한 어떤 날, 소년은 전에 소녀가 앉아 물장난을 하던 징검다리 한가운데에 앉아 보았다. 물속에 손을 잠갔다. 세수를 하였다. 물속을 들여다보았다. 검게 탄 얼굴이 그대로 비

황순원

황순원은 평안남도에서 1915년에 태어났어요. 1930년부터 신문에 동요와 시를 발표하기 시작하여 1931년 시 「나의 꿈」으로 등단하였어요. 이후 소설 창작에도 관심을 가져 1940년 단편 소설집 『늪』을 발표하면서 소설에 열중하기 시작했어요. 황순원의 소설은 간결하고 세련된 문체와 소박하면서도 치열한 휴머니즘의 정신, 한국인의 전통적인 삶에 대한 애정 등을 고루 갖추고 있어서 한국 현대 소설의 본보기로 평가받고 있어요. 다른 작품으로는 『카인의 후예』와 「목넘이 마을의 개」 등이 있어요.

치었다. 싫었다.

소년은 두 손으로 물속의 얼굴을 움키었다. 몇 번이고 움키었다. 그러다가 깜짝 놀라 일어나고 말았다. 소녀가 이리 건너오고 있지 않으냐.

숨어서 내 하는 꼴을 엿보고 있었구나. 소년은 달리기 시작했다. 디딤돌을 헛짚었다. 한 발이 물속에 빠졌다. 더 달렸다.

몸을 가릴 데가 있어 줬으면 좋겠다. 이쪽 길에는 갈밭도 없다. 메밀밭이다. 전에 없이 메밀꽃내가 짜릿하니 코를 찌른다고 생각됐다. 미간•이 아찔했다. 찝찔한 액체가 입술에 흘러들었다. 코피였다. 소년은 한 손으로 코피를 훔쳐 내면서 그냥 달렸다. 어디선가, '바보, 바보' 하는 소리가 자꾸만 뒤따라오는 것 같았다.

토요일이었다.

개울가에 이르니, 며칠째 보이지 않던 소녀가 건너편 가에 앉아 물장난을 하고 있었다.

모르는 체 징검다리를 건너기 시작했다. 얼마 전에 소녀 앞에서 한 번 실수를 했을 뿐, 여태 큰길 가듯이 건너던 징검다리를 오늘은 조심스럽게 건넌다.

미간 … 두 눈썹의 사이.

"얘."

못 들은 체했다. 둑 위로 올라섰다.

"얘, 이게 무슨 조개지?"

자기도 모르게 돌아섰다. 소녀의 맑고 검은 눈과 마주쳤다. 얼른 소녀의 손바닥으로 눈을 떨구었다.

"비단조개."

"이름두 참 곱다."

갈림길에 왔다. 여기서 소녀는 아래편으로 한 3마장쯤, 소년은 우대로 한 10리 가까운 길을 가야 한다.

소녀가 걸음을 멈추며,

"너 저 산 너머에 가 본 일 있니?"

벌 끝을 가리켰다.

"없다."

"우리 가 보지 않을래? 시골 오니까 혼자서 심심해 못 견디겠다."

"저래 봬도 멀다."

"멀면 얼마나 멀기에? 서울 있을 땐 아주 먼 데까지 소풍 갔었다."

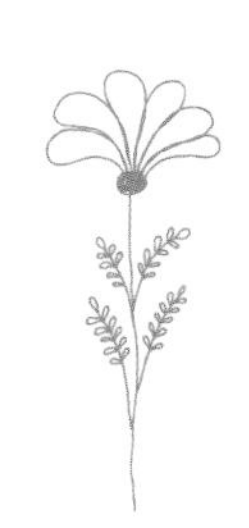

소녀의 눈이 금세, '바보, 바보' 할 것만 같았다.

논 사잇길로 들어섰다. 벼 가을걷이하는 곁을 지났다.

허수아비가 서 있었다. 소년이 새끼줄을 흔들었다. 참새가 몇 마리 날아간다. '참 오늘은 일찍 집으로 돌아가 텃논•의 참새를 봐야 할 걸' 하는 생각이 든다.

"아, 재밌다!"

소녀가 허수아비 줄을 잡더니 흔들어 댄다. 허수아비가 대고 우쭐거리며 춤을 춘다. 소녀의 왼쪽 볼에 살포시 보조개가 패었다.

저만치 허수아비가 또 서 있다. 소녀가 그리로 달려간다. 그 뒤를 소년도 달렸다. 오늘 같은 날 일찌감치 집으로 돌아가 집안일을 도와야 한다는 생각을 잊어버리기라도 하려는 듯이.

소녀의 곁을 스쳐 그냥 달린다. 메뚜기가 따끔따끔 얼굴에 와 부딪친다. 쪽빛으로 한껏 갠 가을 하늘이 소년의 눈앞에서 맴을 돈다. 어지럽다. 저놈의 독수리, 저놈의 독수리, 저놈의 독수리가 맴을 돌고 있기 때문이다.

돌아다보니, 소녀는 지금 자기가 지나쳐 온 허수아비를 흔들고 있다. 좀 전 허수아비보다 더 우쭐거린다.

논이 끝난 곳에 도랑이 하나 있었다. 소녀가 먼저 뛰어 건

텃논 … 집터에 딸리거나 마을 가까이 있는 논.

넜다.

거기서부터 산 밑까지는 밭이었다.

수숫단을 세워 놓은 밭머리를 지났다.

"저게 뭐니?"

"원두막."

"여기 참외 맛있니?"

"그럼. 참외 맛두 좋지만 수박 맛은 더 좋다."

"하나 먹어 봤으면."

소년이 참외 그루에 심은 무밭으로 들어가, 무 두 밑을 뽑아 왔다. 아직 밑이 덜 들어 있었다. 잎을 비틀어 팽개친 후 소녀에게 한 밑 건넨다. 그리고는 이렇게 먹어야 한다는 듯이 먼저 대강이•를 한 입 베물어 낸 다음 손톱으로 한 돌이 껍질을 벗겨 우쩍 깨문다.

소녀도 따라 했다. 그러나 세 입도 못 먹고,

"아, 맵고 지려."

하며 집어던지고 만다.

"참 맛없어 못 먹겠다."

소년이 더 멀리 팽개쳐 버렸다.

산이 가까워졌다.

대강이 … 머리.

1940~1960년대 소설

1940년 즈음부터 8·15광복 이전까지 일제의 탄압이 매우 심해 우리말을 쓰지 못할 정도여서 문학 또한 암흑기였어요. 우리말로 된 소설이 거의 나오지 않았던 시기예요. 그리고 8·15광복 이후가 되자 일제 강점기 당시 일제에 협력했던 작가들이 자기 스스로 반성하려는 심정으로 쓴 소설들이 창작돼요. 김동인의 「반역자」, 채만식의 「민족의 죄인」 등이 여기에 해당돼요. 또한 해방 전후부터 분단까지의 시대 상황을 그린 작품도 많이 창작되었어요. 이후 6·25전쟁이 일어나자 전쟁의 피해, 전후 도시인들의 절망적인 상황, 인간 본성의 반성 등이 주제가 되었어요. 그러다 정치적인 사건들로 인해 자유와 민주주의를 갈망하는 소설도 등장하게 되었어요.

단풍잎이 눈에 따가웠다.

"야아!"

소녀가 산을 향해 달려갔다. 이번은 소년이 뒤따라 달리지 않았다. 그러고도 곧 소녀보다 더 많은 꽃을 꺾었다.

"이게 들국화, 이게 싸리꽃, 이게 도라지꽃……."

"도라지꽃이 이렇게 예쁜 줄은 몰랐네. 난 보랏빛이 좋아! 그런데 이 양산같이 생긴 노란 꽃이 뭐지?"

"마타리꽃."

소녀는 마타리꽃을 양산 받듯이 해 보인다. 약간 상기된 얼굴에 살포시 보조개를 떠올리며.

다시 소년은 꽃 한 옴큼을 꺾어 왔다. 싱싱한 꽃가지만 골라 소녀에게 건넨다.

그러나 소녀는,

"하나두 버리지 마라."

산마루께로 올라갔다.

맞은편 골짜기에 오순도순 초가집이 몇 모여 있었다.

누가 말한 것도 아닌데 바위에 나란히 걸터앉았다. 유달리 주위가 조용해진 것 같았다. 따가운 가을 햇살만이 말라 가는 풀 냄새를 퍼뜨리고 있었다.

"저건 또 무슨 꽃이지?"

적잖이 비탈진 곳에 칡덩굴이 엉키어 끝물 꽃을 달고 있었다.

"꼭 등꽃 같네. 서울 우리 학교에 큰 등나무가 있었단다. 저 꽃을 보니까 등나무 밑에서 놀던 동무들이 생각이 난다."

소녀가 조용히 일어나 비탈진 곳으로 간다. 꽃송이가 달린 줄기를 잡고 끊기 시작한다. 좀처럼 끊어지지 않는다. 안간힘을 쓰다가 그만 미끄러지고 만다. 칡덩굴을 그러쥐었다.

소년이 놀라 달려갔다. 소녀가 손을 내밀었다. 손을 잡아 이끌어 올리며, 소년은 제가 꺾어다 줄 것을 잘못했다고 뉘우친다. 소녀의 오른쪽 무릎에 핏방울이 내맺혔다. 소년은 저도 모르게 생채기에 입술을 가져다 대고 빨기 시작했다. 그러다가, 무슨 생각을 했는지 홱 일어나 저쪽으로 달려간다.

좀 만에 숨이 차 돌아온 소년은

"이걸 바르면 낫는다."

송진•을 생채기에다 문질러 바르고는 그 달음으로 칡덩굴이 있는 데로 내려가 꽃 많이 달린 줄기를 이빨로 끊어 가지고 올라온다. 그리고는,

"저기 송아지가 있다. 그리 가 보자."

누렁 송아지였다. 아직 코뚜레•도 꿰지 않았다.

소년이 고삐를 바투 잡아 쥐고 등을 긁어 주는 척 후딱 올라탔다. 송아지가 껑충거리며 돌아간다.

소녀의 흰 얼굴이, 분홍 스웨터가, 남색 스커트가, 안고 있는 꽃과 함께 범벅이 된다. 모두가 하나의 큰 꽃묶음 같다. 어지럽다. 그러나 내리지 않으리라. 자랑스러웠다. 이것만은 소녀가 흉내 내지 못할 자기 혼자만이 할 수 있는 일인 것이다.

"너희 예서 뭣들 하느냐?"

농부 하나가 억새풀 사이로 올라왔다.

송아지 등에서 뛰어내렸다. 어린 송아지를 타서 허리가 상하면 어쩌느냐고 꾸지람을 들을 것만 같다.

그런데 나룻이 긴 농부는 소녀 편을 한번 흝어보고는 그저 송아지 고삐를 풀어내면서,

"어서들 집으루 가거라. 소나기가 올라."

송진 … 소나무나 잣나무에서 나오는 끈적끈적한 액체.

코뚜레 … 소의 코청을 꿰뚫어 끼는 나무 고리. 좀 자란 송아지 때부터 고삐를 매는 데 쓴다.

참 먹장구름• 한 장이 머리 위에 와 있다. 갑자기 사면이 소란스러워진 것 같다. 바람이 우수수 소리를 내며 지나간다. 삽시간에 주위가 보랏빛으로 변했다.

산을 내려오는데 떡갈나무 잎에서 빗방울 듣는 소리가 난다. 굵은 빗방울이었다. 목덜미가 선뜩선뜩했다. 그러자 대번에 눈앞을 가로막는 빗줄기.

비안개 속에 원두막이 보였다. 그리로 가 비를 그을 수밖에.

그러나 원두막은 기둥이 기울고 지붕도 갈래갈래 찢어져 있었다. 그런대로 비가 덜 새는 곳을 가려 소녀를 들어서게 했다. 소녀는 입술이 파아랗게 질려 있었다. 어깨를 자꾸 떨었다.

무명 겹저고리를 벗어 소녀의 어깨에 싸 주었다. 소녀는 비에 젖은 눈을 들어 한 번 쳐다보았을 뿐, 소년이 하는 대로 잠자코 있었다. 그러면서 안고 온 꽃묶음 속에서 가지가 꺾이고 꽃이 일그러진 송이를 골라 발밑에 버린다.

소녀가 들어선 곳도 비가 새기 시작했다. 더 거기서 비를 그을 수 없었다.

밖을 내다보던 소년이 무엇을 생각했는지 수수밭 쪽으로 달려간다. 세워 놓은 수숫단 속을 비집어 보더니 옆의 수숫단

먹장구름 … 먹빛같이 시꺼먼 구름.

을 날라다 덧세운다. 다시 속을 비집어 본다. 그리고는 소녀 쪽을 향해 손짓을 한다.

수숫단 속은 비는 안 새었다. 그저 어둡고 좁은 게 안됐다. 앞에 나앉은 소년은 그냥 비를 맞아야만 했다. 그런 소년의 어깨에서 김이 올랐다.

소녀가 속삭이듯이, 이리 들어와 앉으라고 했다. 괜찮다고 했다. 소녀가 다시 들어와 앉으라고 했다. 할 수 없이 뒷걸음질을 쳤다. 그 바람에 소녀가 안고 있는 꽃묶음이 망그러졌다. 그러나 소녀는 상관없다고 생각했다. 비에 젖은 소년의 몸 내음새가 확 코에 끼얹어졌다. 그러나 고개를 돌리지 않았다. 도리어 소년의 몸기운으로 해서 떨리던 몸이 적이 누그러지는 느낌이었다.

소란하던 수숫잎 소리가 뚝 그쳤다. 밖이 멀게졌다.

수숫단 속을 벗어나왔다. 멀지 않은 앞쪽에 햇빛이 눈부시게 내리붓고 있었다.

도랑 있는 곳까지 와 보니, 엄청나게 물이 불어 있었다. 빛마저 제법 붉은 흙탕물이었다. 뛰어 건널 수가 없었다.

소년이 등을 돌려 댔다. 소녀가 순순히 업히었다. 걸어 올린 소년의 잠방이•까지 물이 올라왔다. 소녀는 "어머나!" 소리

잠방이 … 가랑이가 무릎까지 내려오도록 짧게 만든 홑바지.

를 지르며 소년의 목을 끌어안았다.

개울가에 다다르기 전에 가을 하늘은 언제 그랬는가 싶게 구름 한 점 없이 쪽빛으로 개어 있었다.

그 다음 날은 소녀의 모양이 뵈지 않았다. 다음 날도, 다음 날도. 매일 같이 개울가로 달려와 봐도 뵈지 않았다.

학교에서 쉬는 시간에 운동장을 살피기도 했다. 남몰래 5학년 여자 반을 엿보기도 했다. 그러나 뵈지 않았다.

그날도 소년은 주머니 속 흰 조약돌만 만지작거리며 개울가로 나왔다. 그랬더니 이쪽 개울둑에 소녀가 앉아 있는 게 아닌가.

소년은 가슴부터 두근거렸다.

"그동안 앓았다."

알아보게 소녀의 얼굴이 해쓱해져 있었다.

"그날, 소나기 맞은 것 땜에?"

황순원 문학상과 양평 소나기 마을

'황순원 문학상'은 60여 년 동안 시와 소설의 세계를 넘나들며 순수와 절제의 미학을 이룬 황순원의 문학적 업적을 기리기 위해 2001년부터 〈중앙일보〉에서 제정한 문학상을 말해요. 2000년 9월 그가 세상을 떠난 뒤, '세기가 바뀌고 삶의 양식이 달라진다 해도 결코 변해서는 안 될 인간성과 한국인의 정체성 그리고 우리말의 아름다움을 황순원의 문학을 계승하면서 이어 나간다'는 취지에서 제정되었어요. 또한 같은 취지에서 「소나기」에 '소녀가 양평읍으로 이사한다'는 대목을 근거로 양평 소나기 마을도 건립되었어요. 소나기 마을은 황순원의 「소나기」에 나오는 마을을 배경으로 만들어진 마을이에요. 이곳에서 매년 황순원 문학제가 열려요.

소녀가 가만히 고개를 끄덕이었다.

"인제 다 낫냐?"

"아직두……."

"그럼 누워 있어야지."

"너무 갑갑해서 나왔다. ……참, 그날 재밌었어……. 근데 그날 어디서 이런 물이 들었는지 잘 지지 않는다."

소녀가 분홍 스웨터 앞자락을 내려다본다. 거기에 검붉은 진흙물 같은 게 들어 있었다.

소녀가 가만히 보조개를 떠올리며,

"이게 무슨 물 같니?"

소년은 스웨터 앞자락만 바라다보고 있었다.

"내 생각해냈다. 그날 도랑 건널 때 내가 업힌 일 있지? 그 때 네 등에서 옮은 물이다."

소년은 얼굴이 확 달아오름을 느꼈다.

갈림길에서 소녀는,

"저, 오늘 아침에 우리 집에서 대추를 땄다. 낼 제사지내려구……."

대추 한 줌을 내어 준다. 소년은 주춤한다.

"맛봐라, 우리 증조할아버지가 심었다는데, 아주 달다."

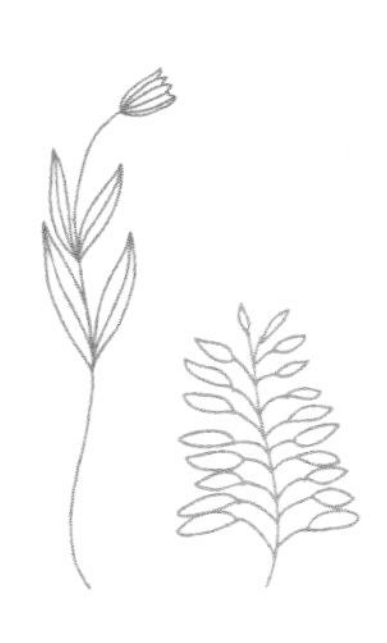

소년은 두 손을 오그려 내밀며,

"참 알두 굵다!"

"그리구 저, 우리 이번에 제사지내고 나서 좀 있다 집을 내주게 됐다."

소년은 소녀네가 이사해 오기 전에 벌써 어른들의 이야기를 들어서 윤 초시 손자가 서울서 사업에 실패해 가지고 고향에 돌아오지 않을 수 없게 됐다는 걸 알고 있었다. 그것이 이번에는 고향 집마저 남의 손에 넘기게 된 모양이었다.

"왜 그런지 난 이사 가는 게 싫어졌다. 어른들이 하는 일이니 어쩔 수 없지만……."

전에 없이 소녀의 까만 눈에 쓸쓸한 빛이 떠돌았다.

소녀와 헤어져 돌아오는 길에, 소년은 혼잣속으로, 소녀가 이사를 간다는 말을 수없이 되뇌어 보았다. 무어 그리 안타까울 것도 서러울 것도 없었다. 그렇건만 소년은 지금 자기가 씹고 있는 대추알의 단맛을 모르고 있었다.

이날 밤, 소년은 몰래 덕쇠 할아버지네 호두 밭으로 갔다.

낮에 봐 두었던 나무로 올라갔다. 그리고 봐 두었던 가지를 향해 작대기를 내리쳤다. 호두송이 떨어지는 소리가 별나게 크게 들렸다. 가슴이 선뜩했다. 그러나 다음 순간, 굵은 호두

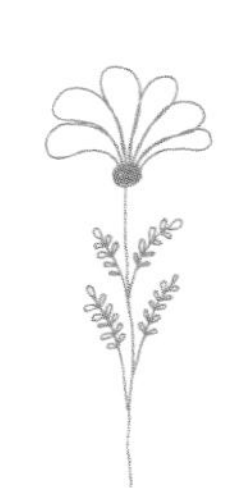

야 많이 떨어져라, 많이 떨어져라, 저도 모를 힘에 이끌려 마구 작대기를 내리치는 것이었다.

돌아오는 길에는 열이틀 달이 지우는 그늘만 골라 디뎠다. 그늘의 고마움을 처음 느꼈다.

불룩한 주머니를 어루만졌다. 호두송이를 맨손으로 깠다가는 옴이 오르기 쉽다는 말 같은 건 아무렇지도 않았다. 그저 근동에서 제일가는 이 덕쇠 할아버지네 호두를 어서 소녀에게 맛보여야 한다는 생각만이 앞섰다.

그러다, 아차 하는 생각이 들었다. 소녀더러 병이 좀 낫거들랑 이사 가기 전에 한번 개울가로 나와 달라는 말을 못해 둔 것이었다. 바보 같은 것, 바보 같은 것.

이튿날, 소년이 학교에서 돌아오니, 아버지가 나들이옷으로 갈아입고 닭 한 마리를 안고 있었다.

어디 가시냐고 물었다.

그 말에는 대꾸도 없이 아버지는 안고 있는 닭의 무게를 겨냥해 보면서,

"이만하면 될까?"

어머니가 망태기를 내주며,

"벌써 며칠째 '걀걀' 하고 알 날 자리를 보던데요. 크진 않아두 살은 쪘을 거예요."

소년이 이번에는 어머니한테 아버지가 어디 가시느냐고 물어보았다.

"저, 서당골 윤 초시 댁에 가신다. 제사상에라도 놓으시라고……."

"그럼 큰 놈으로 하나 가져가지. 저 얼룩수탉으로……."

이 말에, 아버지는 허허 웃고 나서,

"인마, 그래두 이게 실속이 있다."

소년은 공연히 열없어, 책보를 집어던지고는 외양간으로 가, 쇠잔등을 한번 철썩 갈겼다. 쇠파리라도 잡는 체.

개울물은 날로 여물어 갔다.

소년은 갈림길에서 아래쪽으로 가 보았다. 갈밭머리에서 바라보는 서당골 마을은 쪽빛 하늘 아래 한결 가까워 보였다.

어른들의 말이, 내일 소녀네가 양평읍으로 이사 간다는 것이었다. 거기 가서는 조그마한 가겟방을 보게 되리라는 것이었다.

소년은 저도 모르게 주머니 속 호두알을 만지작거리며, 한

「소나기」

1959년 〈신태양〉에 발표된 「소나기」는 유년의 때 묻지 않은 아름다운 사랑을 시골이라는 배경 안에서 그린 작품이에요. 어린아이의 순박한 동심을 잘 드러내는 간결한 표현이 작품의 순수성을 높여 주고 있어요. 또한 소년과 소녀의 만남 사이에서 벌어지는 여러 사건은 미묘한 사랑의 감정을 효과적으로 표현하였어요. 그리고 이후에 결국 소녀가 죽음으로써 이별하는 것은 소년이 성숙하는 데 겪어야 하는 아픔을 보여 줘요. 「소나기」는 아름다운 사랑과 소녀의 죽음에서 오는 애잔한 느낌을 은은히 전해 주고 있어요.

손으로는 수없이 갈꽃을 휘어 꺾고 있었다.

그날 밤, 소년은 자리에 누워서도 같은 생각뿐이었다. 내일 소녀네가 이사하는 걸 가 보나 어쩌나. 가면 소녀를 보게 될까, 어떨까.

그러다가 까무룩 잠이 들었는가 하는데,

"허, 참, 세상일도……."

마을 갔던 아버지가 언제 돌아왔는지,

"윤 초시 댁도 말이 아니야. 그 많던 전답을 다 팔아 버리고, 대대루 살아오던 집마저 남의 손에 넘기더니, 또 악상•까지 당하는 걸 보면……."

남폿불 밑에서 바느질감을 안고 있던 어머니가

"증손이라곤 계집애 그 애 하나뿐이었지요?"

"그렇지. 사내애 둘 있던 건 어려서 잃어버리고……."

"어쩌면 그렇게 자식 복이 없을까."

악상 … 수명을 다 누리지 못하고 젊어서 죽은 사람의 초상. 흔히 젊어서 부모보다 먼저 자식이 죽는 경우를 이른다.

"글쎄 말이지. 이번 애는 꽤 여러 날 앓는 걸 약도 변변히 못 써 봤다더군. 지금 같아선 윤 초시네두 대가 끊긴 셈이지……. 그런데 참, 이번 계집에는 어린것이 여간 잔망스럽• 지가 않어. 글쎄 죽기 전에 이런 말을 했다지 않어? 자기가 죽거든 자기 입던 옷을 꼭 그대로 입혀서 묻어 달라고……."

잔망스럽다 … 얄밉도록 맹랑한 데가 있다.

공부의 즐거움을 깨치는

〈공부가 되는〉 시리즈!

공부가 되는 세계 명화
글공작소 글 | 18,000원

공부가 되는 한국 명화
글공작소 글 | 18,000원

공부가 되는 그리스로마 신화
글공작소 글 | 12,000원

공부가 되는 별자리 이야기
글공작소 글 | 12,000원

공부가 되는 공룡 백과
글공작소 글 | **장은경** 그림 | 13,000원

공부가 되는 탈무드 이야기
글공작소 엮음 | 12,000원

공부가 되는 삼국지
나관중 원작 | **장은경** 그림 | 12,000원

공부가 되는 유럽 이야기
글공작소 글 | 14,000원

공부가 되는 조선왕조실록 1,2 (전2권)
글공작소 글 | **김정미** 감수 | 각 13,000원

공부가 되는 저절로 영단어
다니엘 리 글 | 14,000원

공부가 되는 우리문화유산
글공작소 글 | 14,000원

공부가 되는 저절로 고사성어
글공작소 글 | 15,000원

공부가 되는 한국대표고전 1, 2 (전2권)

글공작소 글 | 각 13,000원

공부가 되는 셰익스피어 4대 비극 · 5대 희극 (전2권)

윌리엄 셰익스피어 원작 | 글공작소 엮음 | 각 14,000원

공부가 되는 논어 이야기

공자 원작 | 글공작소 엮음 | 14,000원

공부가 되는 식물도감

글공작소 엮음 | 37,000원

공부가 되는 경제 이야기 1,2 (전2권)

글공작소 글 | 각 13,000원

 〈성격과 기질로 알아보는〉 시리즈

 아름다운사람들의 똑똑한 도서

성격과 기질로 알아보는 어린이 직업백과

글공작소 글 | 김영석 그림

17,000원

성격과 기질로 알아보는 롤모델 인물백과

글공작소 글 | 김영석 그림

19,000원

아름다운 어른이 되는 생각 습관

다니엘 리 엮음

12,000원

엄마는 외계인

박지기 글 | 조형윤 그림

8,500원

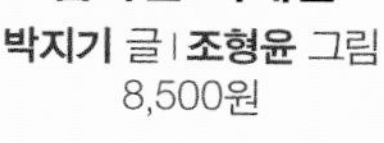